U0827537

1957年在部队

1980年全家福

20世纪80年代办理的
退伍军人优待证

20世纪90年代在老屋门前

2019年结婚60年

2019年全家福

入选国家新闻出版署《2022年农家书屋重点出版物推荐目录》

年轮

一位乡村老人的冷暖人生

徐全敬 著

企业管理出版社
ENTERPRISE MANAGEMENT PUBLISHING HOUSE

图书在版编目（CIP）数据

年轮：一位乡村老人的冷暖人生 / 徐全敬著. -北京：企业管理出版社，2021.6（2022.5重印）

ISBN 978-7-5164-2393-6

Ⅰ. ①年… Ⅱ. ①徐… Ⅲ. ①回记录－中国－当代 Ⅳ. ①I251

中国版本图书馆CIP数据核字(2021)第093021号

书　　名：年轮：一位乡村老人的冷暖人生
作　　者：徐全敬
责任编辑：于湘怡
书　　号：ISBN 978-7-5164-2393-6
出版发行：企业管理出版社
地　　址：北京市海淀区紫竹院南路 17 号　　　邮编：100048
网　　址：http://www.emph.cn
电　　话：编辑部（010）68701661　发行部（010）68701816
电子信箱：1502219688@qq.com
印　　刷：河北宝昌佳彩印刷有限公司
经　　销：新华书店
规　　格：889 毫米 × 1194 毫米　32 开本　4.25 印张　59 千字
版　　次：2021 年 8 月 第 1 版　2022 年 4 月 第 2 次印刷
定　　价：38.00 元

版权所有　翻印必究 · 印装有误　负责调换

序言

父亲写了一本自传

父亲写了一本自传，准备出版，我的三姐把父亲手写的稿子一字一字地输入到电脑里，并发到我的邮箱，让我写一篇序言。我本以为简单，可是从头到尾读了父亲的文字，泪水竟然一直难以遏止，我简直无法下笔了！

我有两个没有想到。第一，我没有想到父亲的文字居然如此成熟精练。数万字的自传，从他出生时讲起，80多年的人生经历娓娓道来，不急不缓，详略得当，既有对细节的清晰回忆，又有对得失的深切感悟。第二，我没有想到父亲的童年和青少年时期，居然经历了那么多颠沛流离、艰难困苦。虽然我从小就影影绰绰地听说过父亲以前的很多事，比如他随着祖父母到安徽逃荒被卖到当地；比如他曾经到丹东当兵，作为空军标图员参加战斗；再比如他与母亲在那个年代自由恋爱，惊世骇俗。但我却从不知道，父亲儿时有着九死一生的经历，父亲与母亲的情感经历是如此曲折，父亲的一生又是这样与时代紧密相连、波澜起伏。

作为一九四二年大饥荒的亲历者，父亲讲述了一个生在河南农村五六岁孩童的真实经历，在强烈的饥饿恐惧下，人们被迫卖儿鬻女！战争中底层百姓过的是什么样的生活，父亲的自传里也有答案。中华人民共和国成立后基层农村的种种探索实践，改革开放以来农村社会发生的翻天覆地的变化，父亲都置身其中。他是普通乡村老人，同时又是历史的见证者和亲历者，他的经历对今天的人们有值得思考的价值。父亲这本自传还展示了一个农村之家几十年来如何通过学习、奋斗、抗争，摆脱贫穷与落后，过上蒸蒸日上、幸福和谐的生活。这充分说明：家是最小国，国是最大家，家与国的命运就这样紧密相连，国家的兴衰决定了个人的荣辱。

对父亲而言，这本自传是他80多年人生的沉淀和总结，是他和他的妻子携手一生共患难的爱的记录；对我们这个大家庭来说，这本自传是宝贵的“老人言”，是我们读懂和了解父亲的桥梁，是父亲用一生的艰辛留下的珍贵财富。

我个人对这本自传感受更深刻、更丰富，也更有共鸣。我跟三姐说，我现在才知道，我之所以能有如今的文字修养，父亲是我的第一启蒙者。虽然他只有两三年的上学经历，可是他却有行万里路的视野。并且因为上了这两年多的学，他养成了读书看报的习惯。印象里，父亲和其他农人不同，他一生酷爱阅读，不论是报纸、杂志，还是书籍，他总是得空就戴上花镜去看、去读。在县城生活的时候，二姐夫还曾经特意给父亲订过几份报纸和刊物。常年大量阅读，让父亲成为一个识文断字、明辨是非、知识丰富的人。他阅读的习惯也深深地影响了我。我自小就喜欢看连环画，喜欢听评书，喜欢读小说。父亲很多时候都很节俭，但是给我买书却从不小气。小时候有一回父亲带我去镇上的书店，给我买了两本书，一本叫《大唐三侠》，一本叫《白马啸西风》。我们爷俩儿兴高采烈地回家，邻居以为父亲给我买了啥好吃的东西，父亲说买了两本书，邻居不解地摇头。

因为父亲的识文断字，他找了同样有知识有文化的母亲。母亲是初中学历，比父亲在学校的年头多，他们之间有很多共同语言。忙完农活的夜晚，父亲会拿起毛笔写上几笔，最常写的字是“飞凤家龙”，因为“写好飞凤家，好字不用夸”。每当此时，母亲也总会拿过笔来写上一遍，然后两个人开始争论，都认为自己的字好一些。每到春节，别人家买春联，或找人代写，我们家都是父亲自己写，或者姐姐们和我写。有一年，父亲从一本农家历上抄来一副对联：男男女女，老老少少，都添一岁；上上下下，左左右右，同过新年。与别人家的“天增岁月人增寿，春满乾坤福满门”截然不同，引得过往的行人驻足观看，同村一个当过文化教员的老先生还专门带着笔记本来抄写记录。

我觉得父母最相通的观点，也是最具远见的做法是，自己再苦再累，也一定供养孩子们上学读书。我记忆中最深刻的事情，是夏收和秋种的时节，父母几乎吃住都在地里，十几亩地的麦子要收要种，而我们只是在放假的时候才帮几天忙。父亲常说“农家无闲月，五月人最忙”。每到此时，父母都累得又黑又瘦。即使如此，他们也绝不让孩子们辍学。我们姊妹七个，读书最少的也有初中学历。三姐和我更是考上了大学，并因此改变了我们家庭的命运。

“农家无闲月，五月人最忙”，这样的句子经常从父亲口中说出来。我长大后读书多了，才知道这源于白居易的诗句“田家少闲月，五月人倍忙”。父亲是我的诗词启蒙老师。

从小父亲就教我背过很多通俗易懂的古诗，看来简单，可是对他这个只读过两三年书的人来说，的确难能可贵。他教我们写“福如东海长流水，寿比南山不老松”的对联，他希望我们“两耳不闻窗外事，一心只读圣贤书”，他用“谁人背后无人说，谁人背后不说人”“静坐但思自己过，闲谈莫论他人非”教导我们为人处事。上初中以后，我模仿着写过一首七言诗，自己写在本子上，父亲见到之后高兴地跳起来，说：“俺儿会写诗了！”

父亲在文学修养方面给我们的影响只是小道。更重要的是，他和母亲一起教会我们如何做人。父亲常念叨的一句话是“树大自直”，意谓孩子长大之后自然会成材，因为他相信“身教重于言传”。读了父亲的自传以后，我更深刻地体会到，我身上所有的优点，几乎都来自父母先天或后天的给予。

我的父母都是非常善良的人。我小的时候，还经常有乞丐来村里要饭，村里人总是指点这些乞丐到我们家来，因为他们都知道我父母是好心人。如果村里来了说书的艺人，晚上一定会留宿在我家。街坊邻居来借我们的东西使用，更是家常便饭。甚至谁家缺了下锅的米，没了种地的粮，都会来我家舀上一瓢，有了就还，没有也就不还了。父亲因为从小穷怕了，节俭得很，有时候难免小气，母亲则一贯大方善良。两个人有时候也会因为借给别人东西拌嘴，但时间长了，相互影响，思想和行为慢慢都同步了。其实父亲并不是真小气，从部队转业回乡，他把所有的复员费都交给了祖父，唯一的军大衣给了他的哥哥——我的大爷。他和母亲结婚，家里人给的贺礼，只是两块红薯。后来为了我的叔父能够娶上媳妇，父亲还听从我大爷的建议，把本应自己分到的院子和其他家产都留给了弟弟。对我们这些孩子，父亲更是倾尽所有。他的小气，更多是对自己。因为常年劳作，父亲的腰腿都有宿疾，还因为早年饥饿营养不良，有严重的胃病。可是父亲几乎从没去过医院，母亲催的次数多了，他才到村卫生室拿点药，一直到现在都是如此。2019年他心血管硬化，已经到了走路都要喘的程度，我带他到医院去，检查后医生要求住院，父亲当场就急了："住啥院，包点药就妥了。"我说："既来之则安之，听医生的。"父亲叹息着说："唉，这得花多少钱啊！"省钱，已经成为深印在他骨子里的意识和习惯。

父亲当生产队长和大队干部的时候，帮助好多人解决过个人和家庭的困难，一队的街坊几乎都跟着受益，对当时的"坏分子"，父亲也平等相待。我还记得当时有一个成分高的村民，父亲帮他家解决了宅基地的问题，他到我们家表示感谢，非要把他的大儿子认到我父母膝下作义子，那是让他儿子一辈子孝顺我父母的意思。1987年我家买了电视机，一到晚上家里就挤满了看电视的人，我家几乎成了免费放映厅。父母从不赶人离开，即使节目结束得再晚。

父亲还是队里最热心的人，谁家有红白事，父亲必是第一个被请去帮忙的人，因为他有见识，做事又公平公正。有一个邻居，我叫他大嘴叔 ，因为他嘴大，小名就叫大嘴。一次夜里他忽发急病，他的媳妇，我叫大嘴婶，打发她的孩子第一个来叫我父亲帮忙，而不是找大嘴叔的亲兄弟。父亲就是这样被村里人信任。

六七月份西瓜成熟的季节，总有瓜农拉着成车的西瓜走街串巷叫卖。那时候能用钱买瓜的人家很少，大部分都是用麦子来换。瓜农称麦子、称瓜的时候，围着瓜车的大人小孩总会偷偷地把瓜抱走。有一年，一个瓜农把瓜车停在我家门口，和我父亲聊了几句，索性把一车瓜都托付给我父亲来换麦子，他自己倒蹲在一边抽起了烟。在父亲的主持下，他的一车瓜很快就卖光了，一个也没有损失。

父亲的人品，就连初次见面的陌生人都认可钦服。

父母因为性格不同，又都要强，年轻的时候常常因为琐事争执生气。每次生气的时候，母亲总要哭着对孩子们诉说父亲对她的不好。比如父亲曾几次动手打过她，还曾在大姐不到一岁的时候因为缺吃少穿离家出走，因为他认为不走就会被饿死。我一直不能理解父亲的这种行为，还曾因此跟父亲发生过激烈的争吵。因为我觉得，无论如何，一个男人也不能在生死关头抛下妻子和年幼的孩子。读了父亲的自传，我才理解了父亲。在饥饿中长大的父亲，一直对饥饿有着刻骨铭心的恐惧。我小时候只知道他曾被卖到安徽，却不知道他在那个家里也没过上几天好日子，他的童年和少年时光，一直是在饥荒、逃难、流浪中度过的，如他说的，真是九死一生。当饥荒再次来临的时候，他出于本能要逃走。被亲生父母卖到异乡，归来后又没有得到半点家庭的温暖，年轻的他对家庭的感情和责任感还没有建立起来，独自逃命的行为，也就可以理解了。后来父亲与母亲发生冲突，他几次动手打了母亲，都是因为信奉老一辈人的“教诲”：打出来的女人揉出来的面。他后来认识到对不起母亲的时候，就完全改变了这些错误的做法。

相比起来，母亲的坚强更让我们敬佩。父亲在最困难的时候独自离去，母亲在外祖母的帮助下，吃了整整一垛草，养活了奄奄一息的大姐，度过了最艰难的岁月。在我们的印象里，母亲一直是脆弱的，爱哭，心软，听不得人家几句好话，恨不能把心掏给别人。遇到困难和问题，又总是六神无主，只会哭泣，个性要强的二姐还因此呵斥过母亲。但从这件事来看，母亲骨子里的坚强无人能比。在父亲逃避责任的日子里，母亲一个人守着襁褓里的女儿，面对着家徒四壁的困境，是怎样伤心、绝望和无助！又是怎样擦干泪水、挺起脊梁！她承担起为人妻、为人母的责任。即使后来父亲归来，他们之间有着十分激烈的冲突，她屡次想要离开，包括离开这个人世。但最后，伟大的母爱战胜了一切，她用一生的坚持，诠释了什么叫担当和责任，也给我们树立了榜样。

父亲则用他后来的实际行动向母亲、向孩子们证明了自己。农忙季节，他总是干家里最重最累的活儿，冬闲的时候，他帮助母亲一起纺线织布。从家务活儿到地里的活儿，父亲几乎样样精通。要知道，父亲幼年颠沛流离，青年入伍，复员归乡后又在公社当驻村干部，起初根本不会干农活儿。他经常自嘲的一句话是："庄稼活儿不用学，人家咋着咱咋着。"可是分了责任田后，十多亩地的重活累活都是父亲一力承担。我记得每年春节一过，父亲都要住到地里去，因为需要浇水，那么多地浇一遍，顺利的时候也需要四五天。大冬天，父亲抱个被子就出门了，不眠不休。因为要赶着有电，赶着时节，赶着家家户户轮流的空隙。夏天正热的时候，父亲扛着锄头就下地，有时候带着我，父亲便会跟我闲聊，说："锄禾日当午，汗滴禾下土。实际上，锄地是最轻的农活儿了。"

我印象里，早晨都是父亲起来做饭，为了让母亲能搂着孩子们多睡一会儿。父亲和母亲原本就是自由恋爱结合的，父亲年轻的时候不仅有文化，而且长得帅，几年的军旅生活更锤炼了他。母亲呢，用父亲的话说，是“十里八村有名的美女”，他们本就是一对让别人羡慕的神仙眷侣，几十年相濡以沫的生活，让彼此间的感情更加深厚。

当然，最能证明父亲品格的，是1999年母亲患了脑梗之后，他一直悉心照料手脚不便的妻子，从没在孩子们面前发过一句怨言，至今20多个年头了。母亲身患糖尿病30年，加上脑梗留下的后遗症，痛苦不断。但是这些年，我们亲眼看着，母亲在父亲的照料下，保持了基本的身体健康，精神更是越来越好，每一个见过她的人，都惊叹这20多年她的身体容貌几乎没有什么变化。她的脑梗也基本没有复发过。母亲闲聊的时候常常自豪地说：“我可没想到自己能活到80岁！”是啊，她所认识的人中，跟她一块发病的，比她早一点或晚一点发病的，先先后后都离开了人世，可是母亲这受过大累、吃过大亏的身体，却创造了小小的奇迹。

父亲也日益衰老。虽然他并不服老，还能够像年轻时一样一板一眼地走正步，但是我们都希望他少一点劳累，多一点享受，所以一致建议给他们找个保姆。父亲坚决拒绝了，一方面他是怕花钱，不想给儿女增加负担；另一方面，他总觉得他仍然有能力照料老伴。他说：“只要我还能动，你们的妈妈就不用你们管。”父亲常年的守护和陪伴，无疑是母亲康复的最大因素。所以，我一直想跟母亲说：虽然跟着父亲一辈子吃够了苦，受够了累，但是患难见真情，爸爸这样精心地照顾你，不离不弃，妈妈，你该知足了。虽然爸爸还是会偶尔发点小脾气，但你都能谅解他，宽容他。你一辈子最能谅解和宽容别人，也一直教育我们为善最乐，能忍自安。在你身上，体现了一种伟大精神。

现在，孩子们都团结和谐，七个儿女家家都过上了好日子。爸爸妈妈在，我们就永远是幸福的一家人。你们一定要开开心心，健康长寿！

2021年6月

目录

生不逢时

出生正逢乱世年，天罪人间不收田。
外族铁蹄来侵犯，人民生活如黄连。

1937年2月，我出生在豫东平原一个小村庄。我的父母虽然都是农民，却没有土地，真是房无一间、地无一垄，仅靠父亲做一些小买卖有些微薄的收入，但并不能维持一家人的生计，母亲不得不时常外出乞讨。

这一年，日本侵略者的铁蹄四处践踏中华大地，我的家乡成了日占区。日本侵略者到处烧杀抢掠，汉奸走狗鱼肉百姓，土豪劣绅横行乡里。国民党为了阻止日本人南下，决堤黄河，我的家乡处于黄泛区。兵荒马乱加上河水泛滥，穷苦人的生活水深火热，死的死去了，活着的饥寒交迫、胆战心惊、东躲西藏。

我的家一贫如洗，吃谷糠、树皮，艰难度日。然而，日本人来了，这谷糠树皮果腹的日子也无法平静了。

1941年，我的家乡完全被日本侵略者占领了。维持会、还乡团、乡长、保长都当了汉奸。接着，中原大地遭遇天灾，田地颗粒无收，饿殍载道、哀鸿遍野。

为躲避战乱，也为求得一线生机，中原人民开始了大逃荒，沿着陇海线西去西安、兰州、新疆，东走安徽、江苏……至今这些地方仍然驻留着许多河南人，他们凭借勤劳的双手、吃苦耐劳的精神顽强地生存下来，在异地他乡繁衍生息。

我县县志中记载：1942年，全县因饥寒丧命者3000余人，逃荒者164000余人，卖儿卖女者9500余人，许多人家惨遭灭户。真可谓亲者无相顾，生者竞相食！

这年，我刚刚5岁。5岁的孩子，正是天真无邪，依偎在父母身边撒娇的年龄，5岁的孩子或许根本不会记得身边发生的一切，也许刚有点记忆，对身边的人事有一些模模糊糊的印象。而我的脑海里时常出现5岁时深深镌刻的画面……

一个饿得皮包骨头的孩子，趴在墙根下，饿了哭、哭累了睡、睡醒了饿，饿着、哭着、睡着、等着，眼巴巴地望着门外，盼着父亲和哥哥归来，能给一口吃的。就这样在寒冷中，饿、睡、等、盼，每天如此，不知过了多少天。那是1941年腊月，其实我还不到5岁。

后来我才知道，母亲那时候已经带着收养的孤女（算是我哥哥的童养媳）和姐姐随着村里的乡亲逃荒去了，父亲、哥哥和我留下来是因为日本侵略者统治下的我的家乡，男人没有外出的自由，必须持有“良民证”才能出远门，否则，就会被日本侵略者、汉奸、伪军抓起来，关进大牢，甚至处死。

我不知道这个“良民证”怎么办下来的，只知道，很难很难，时间很长很长。为了能到外地逃生，数九寒天，父亲和哥哥五更起身、烧一点开水泡一点花生饼，把我叫起来，给一小碗水泡花生饼，吃完后，父亲就对我说：“到院子里玩去吧，等我回来。”说完就锁上屋门，带着哥哥走了。这个屋其实就是一间土墙草棚子，那是我们全家的栖身之地。

这一小碗水泡花生饼就是一天的保命食，穿着父亲的破棉袄，蜷曲在院子的墙根下，饥寒交迫，面对空空的院子，内心充满了恐惧，加上一阵阵饥饿的侵袭，无助的我只有号啕大哭，那是一个孩子唯一的武器和对世界的倾诉，可是任凭哭哑了嗓子，却是无人问津，生死由命。我在饥饿寒冷中企盼着父兄归来，然而父兄何时归来却不知道，醒来时已是第二天五更，又开始重复前一天惶恐不安的煎熬。我大概是哭累了、饿极了，半昏半睡状态下被晚归的父兄抱进屋的吧。就这样一天、两天……不知过了多少天，在一个5岁孩子的记忆里，这样的日子仿佛没有尽头……后来我才知道，足足有一个多月时间，一个不到5岁的孩子，每天只吃一点花生饼。十冬腊月天，没有冻饿而死，这不是生命的奇迹，是因为我对活着的渴望！

终于有一天，父亲和哥哥不再外出，他们办好了“良民证”。春节刚过，大概是正月初三初四，父亲和哥哥简单收拾一下行李——一床破烂被子，几件破烂衣服，挑着担子，带着我离开了祖祖辈辈生活的土地，背井离乡，沿着母亲和姐姐的逃荒路线，寻找谋生之路去了。

我没有衣服，依然只穿着父亲的破棉袄，把整个瘦小的身躯全部包裹进去，踉踉跄跄追赶着父兄的脚步。棉袄拖着地，一不小心踩在脚下，就跌倒了，急忙爬起来，追赶父兄。就这样走着、跑着、跌倒、爬起，仿佛没有尽头。但小小的我知道，我坚决不能懈怠，我必须紧跟上父亲，我怕父亲把我扔掉。走了整整一天，到了一个叫兴隆集的地方，才停下脚步，我终于松了口气，旋即晕倒在地，不省人事。一个不满5岁的孩子，跟随大人的脚步走了一整天，滴水未进，这是怎样的生命力啊！

第二天天一亮，父亲把我叫醒，我只记得两腿酸痛，浑身无力，肚子也饿得难以忍受，却不记得父亲让我吃了什么，又急急忙忙赶路去了。一双小短腿、一件破棉袄，饥肠辘辘，跌跌撞撞，却紧跟着父亲的脚步，父亲是孩子的天啊！

走啊走，终于到了火车站。

火车站里全是逃荒的人，候车室、站台上、站外野地里都挤满了穿着破烂的男女老少，没有可移动的空间，甚至没有下脚的地方。小儿哭、老人叹，悲悲切切、惨不忍睹。

不时有火车进站，但是正常的客车是不允许难民上车的，有专门运送难民的货车。来了一列运煤车，车刚停下，难民们如潮水般涌上，人挤人根本无法站立。年逾五旬的父亲一手挑着担子，一手拉着我往车上挤，但也只能随着人潮涌动，根本挤不上车。这时，身边一个年轻人看我父子实在难以上车，便双手将我抓起，用力往车上一扔，我即刻被涌上车厢的人踩在脚下。等父亲终于挤上来，才把我从人们脚下拉起来，口里自语道："没死、没死！"我忍着疼痛，却懂事地不敢放声大哭。

火车上人实在太多了，挤得无法动弹，连喘息都困难，我被人群夹挤着慢慢睡着了，也许是昏死过去了，反正火车上的经历我没有记忆，只庆幸不用再跑路，我疼痛的双腿可以休息一下了。醒来时父亲就拉着我下车了。这列火车的终点是徐州站，而我们的目的地还没有到，只能等南下的列车，再一次拥挤攀爬上去。

徐州站也一样挤满了逃荒的难民，无助地等待着南下的空货车。我已经不记得我们在徐州等了多长时间，也不记得何时挤上货车，怎样挤上货车，何时下了货车。只记得出了车站，又开始无尽头的跑路，白天跑，晚上露宿路边。后来终于找到了母亲，再苦再累、再冷再饿，只要全家人团聚在一起，就是一种幸福，见到母亲那一刻，全家人抱头痛哭，哭的是终于团聚了，可是姐姐和父母收养的孤女（也就是哥哥的童养媳）却被人骗卖，母亲一个大字不识的农村妇女，在战乱年代，独自带着两个女儿远离故土，怎么生存？又怎么保护好孩子？或许被人骗卖能为孩子找条生路，在那个生活朝不保夕的年代，父母除了痛哭，又有什么办法呢？

一家人虽然团聚了，生活却毫无保障，除了要饭还是要饭，然而，乞讨的人实在太多了，当地居民施舍不过来，很多时候已经要不到饭了。当时农历二月天，青黄不接，树上没有树叶，地里没有野草，饥民无以充饥，只有刨食野草根。野地里、路沟边、河岸上、水坑畔，凡是生长野草的地方，都被饥饿的人挖尽了，渐渐连野草根也吃不上了！

全家人被饥饿困在当地一户人家的一间小车屋里，父亲唉声叹气，母亲整日垂泪，眼看就要被饿死在异地他乡了……

骨肉分离

五岁离爹娘，寄人膝下养。
生死谁人知，滋味自己尝。

我们全家寄住在夏家村一户人家的一间破旧车屋里。那是那家主人为自家太平车搭建的小草棚，每到阴雨天，我们必须腾让出来，车推进去，我们住车上车下。这是异乡好心人借住给我们的地方，也是我们全家人要饭回来能够栖身的“家”。

夏家村有个保长叫蔡有伦，在我们饥饿难耐、走投无路的时候，他来到车屋前，对我父亲说：“老徐，你看你们全家都饿成这个样子，我给你想个法子吧！”

父亲说：“保长大人，有什么法子您快说。”

保长说：“与其你们全家都饿死在这里，不如我帮你家二小子找个吃饭的地方，还能换点粮食救救急，你看可管（安徽方言，意为：行，可以）？”

父亲没有说话，只抱头落泪。

保长接着说：“老徐，你带全家出来不就是为了活命吗？我给你找个活路，还犹豫什么呀？逃荒来这里饿死，还不如在家里等死。”

其实，父亲知道，我们一来到这里，保长就打上我的主意了，只不过这会儿我们全家走投无路，是个更合适的机会罢了。

父亲擦去泪水，说：“那好吧，明天你来带孩子吧，如果孩子不哭，愿意跟你去，我啥话不说，如果孩子哭闹，不愿跟你走，我就带着全家离开这里。”

很明显，如果我不愿意去，保长不会继续留我们住在这里了。

保长给我找的养父母是河西刘楼村的，养父名叫张存斗。这张存斗年过四十才娶寡妇朱氏为妻，朱氏带有一女儿，便是保长蔡有伦的妻子，保长后来成了我的姐夫。

朱氏来张家又生了一儿一女，不幸的是儿子5岁夭折，如今膝下只有一女，保长把我卖给他家，正好填补无儿之缺。

这日，春风和煦，阳光怡人，张存斗牵着一头灰色毛驴来了。看样子他有50多岁，穿着一件灰色带襟破棉袄，腰里系着黑色粗棉布腰带，头上戴一顶黑色线帽，中等个头，络腮胡子。他和保长一起走到车屋前，顺手从衣襟里掏出一个黑面锅饼，伸手将我拉到他身边说："小子过来，给你个馍吃。"

从记事儿起，从来也没有人这样给我馍吃，父母也没有，我只记得水泡花生饼，更多的是野菜饼子、野草根子。

我慢慢地、怯生生地接过饼子，双手捧着往嘴里推，张存斗蹲下，把我圈在怀里，说："小子，慢慢吃，慢慢吃，咱家多着哩，跟我家走可管？"

我没有说话，也不敢说话，只顾往嘴里推饼子。

保长和父亲在那里说了一阵话，说什么我也不懂，也没有听，只顾吃我眼前的黑面饼子，完全不知道这是决定我命运的时刻，完全不知道从此我将离开我的父母。

张存斗把我抱到驴背上，可能是吃了人家的饼子，也可能是人家家里还有饼子吃，反正我没有哭闹，乖乖地坐在驴背上，张存斗得意扬扬地牵着毛驴往西走去。

下午，张存斗用毛驴驮了两口袋粮食给父母送去。后来听说是一袋小麦，一袋绿豆，这两袋粮食就我的身价。

幼年的我跟着父母生活的记忆到此为止，至于父母后来怎样摆脱困境，怎样回到故乡，我已无从知晓。无论如何，总算以我的身价解了父母的燃眉之急，也算我对父母的一点报答吧。

寄人篱下

自幼流落他人手，苦难生活伴我走。
不知何时是尽头，坎坷漫长没时候。

刘楼村一个小小的农家院，两间土墙茅草屋，就是我的新家。养父张存斗，养母朱氏，还有一个3岁的小女孩，加上我，组成一个新的家庭。从此，我将在这里生活。

养父有个弟弟叫张存道，他的儿子叫张苏齐，那时已是两个孩子的父亲了，因此养父就给我取名张顺齐，我改姓成为张家人。

张家有几亩湖地，聊以维持一家人的生计。湖地，就是湖边的坑地、洼地，雨水不大、河不涨水的时候，勉强有些收成；雨水多了，河水涨潮，湖地变湖，颗粒不收。战乱年代，河道多年无人治理、疏通，不用说，河水涨潮的年份更多。

1941年，湖地收成好，粮食足够一家人吃饱还有些余粮，便用余粮换了我这个儿子。

常年挨饿，有饱饭吃，我已经非常满足了。我每天跟着养父，挎个篮子，拿着铲子，到田地里割青草，喂养驮着我来的那头小毛驴。到了冬天，我就被赶到村外拾柴拾粪，拾得少了回来会挨骂挨打。俗话说“皮里生的皮里热，皮外生的冷似铁”，与其说他们换回来一个儿子，不如说他们换回来一个小长工，我很卖力地干活，就图一口饱饭。

我到张家的前两年，就是1943年和1944年，张家湖地收成好，交了苛捐杂税，基本能够维持一家人生计。

那年收完麦子，养父母不知为什么吵架生气，养母带着她女儿离家出走，留下我和养父在家。“农家无闲月，五月人最忙”，抢收抢种季节，农活很多，养母出走，我每天必须跟着养父到田间忙活。这天早上，养父把我从睡梦中叫醒，对我说：“我在家做饭，你提着罐子到场地里浇茄子苗去。”场地，就是将土地压实压平，在上面碾轧、晾晒麦子的小场子，打完麦子后，再翻地耕种。养父让我浇水，是用罐子从一口井里打水上来，再浇到茄子苗上，一罐子水浇一棵苗。我答应着，提上罐子迷迷糊糊向场地走去。到了场地，罐子一放，倒地就睡着了。不知睡了多长时间，睡得正香的时候，养父揪着我的耳朵把我从梦里拎起来，一边气狠狠地说："叫你来浇地，叫你来睡觉了吗！"像这样挨打是家常便饭。

然而，这样的生活，也是好景不长。

1945年，养父不幸病故。风雨飘摇的贫困家庭，怎能经得起病丧之事！养母不得不卖掉几亩湖地，还了养父治病欠下的债，为养父办理完丧事，已是家徒四壁。我的生活，又一次面临饥饿。养母带着小女儿为富人家做女佣，吃住都在东家，撇下我一个8岁的孩子无人问津，依靠邻里施舍和讨饭维持活命。

村里有户吕姓人家，是外村迁居来的，是本村黄姓大家的佃户，有耕畜、农具，依靠种黄家土地为生，老吕家有一个女儿叫苗，十五六岁，心地善良。她看我孤苦无依，可怜我，每天晚上偷偷拿一个锅饼给我吃，好心人的施舍，也是那个时候我能活下来的原因。70多年过去了，这份恩情我始终记在心里，却未能报答。1963年春，我曾回去找过她，以表达感激之情，但那个村子变化太大，她家又不是本村人，没有人知道她的去向。大恩未能报，我感恩一世！希望上苍护佑善良的吕苗姐姐，让她一生平安！

1946年，这里发生了严重的水灾，剩下仅有的两亩湖地颗粒不收，9岁的我再一次面临绝境。跟着爹娘受冻挨饿，到了养父母家又挨饿受冻，啥时候能吃饱肚子，不再挨饿啊！这样的苦日子似乎看不到边……

因为这个地方偏远闭塞，沟沟坎坎，上坡下沟，几乎没有路，日本侵略者都很少到这里来。这一年不知从哪里来了个天主教传教士，在这里办了一个天主教堂，收容村里几十名8到12岁的孩子，免费提供食物，学习天主教义。我有幸被收容，发一套黑色教服，教服胸前刺有十字架，尽管我学不懂所谓的教义，但我知道有一个圣母玛利亚，饭前要画十字祷告，出行要画十字祷告。这样的日子对我真的如同进了天堂。可惜这好日子没有维持几个月，可能是因为战乱，教堂停办了，传教士也不知所踪。

1947年秋，又发水灾，养母家的湖地没有收成，仅靠夏季收入的一点粮食根本不足糊口，饥一顿饱一顿，日积月累，我终于病倒了，一直高烧不退，只觉得天旋地转、神志模糊。养母一个寡居之人，又是这样贫苦不堪的岁月，别说没有钱，就算有钱也可能舍不得拿出来为我治病，毕竟我非她亲生，这些年跟着她吃苦受累，算起来也没有多少感情。但是养母看着我病重，还是请来一个针婆，为我针灸治疗。养母对针婆说："可能是我命里无子，如果顺齐死了，就和我那死去的儿子埋在一起，他俩好做个伴！"

养母也是个苦命的女人。年轻时嫁到刘家，生一儿一女，30多岁丈夫去世，她独自抚养一双儿女。可是那个时代，寡妇的生活何其艰难！由于长期受人欺压，不得不选择改嫁。当地有个习俗，寡妇改嫁，如果多家相争，就约好日子，到她家里抢，谁先抢到，便归谁有。听说她要改嫁，很多光棍汉争着来抢，养母一气之下抱着3岁的儿子投井自杀，众人把她捞上来，孩子已经被淹死。她最后被张家抢到，归我养父为妻。在张家又生一儿一女，儿子不幸夭折，养父又病故，养母二次守寡，而收养的我现在也奄奄一息。可怜养母命苦！

也许是我生命力强，也许是我命不该绝，也许针婆的施针有了奇效，我竟然又一次与死神擦肩而过，奇迹般地活过来了！

这年6月，湖地完全被水淹了，家里无粮，孤儿寡母又陷入绝境。养母只得带着我和小妹出门讨饭，一路乞讨来到宿县，爬上南去的火车到滁州，住进一所废弃的教堂。教堂周围杂草丛生，污水遍地，蚊虫满天飞。白天我们走街串巷乞讨，勉强果腹，晚上回到教堂又困又累，倒头便睡，蚊虫叮咬，不久我便染上了疟疾。养母带着女儿出去要饭，我一个人躺在教堂里，冷热交替，死去活来，养母根本无力照顾我，随我生死由命。那时的记忆就是渴，渴，渴……我使出全身力气，爬到教堂外的污水边，喝几口污水，再爬回教堂，忍受饥饿、病冷、发热的折磨，等着养母晚上回来带一口残羹剩饭。

这样不知病了多少天，无奈之下，养母说："听人说发疟疾可以躲掉，我们走吧，我们一走，就把疟疾撇到这儿了。”于是有一天，我发完病感觉稍微好一点时，母子三人就离开教堂，一路走到火车站，爬上北去的列车，回到老家。天不绝我，我的疟疾真被“躲掉”了，我奇迹般地自愈了。

流浪街头

一家逃难到南京，人小力薄无营生。
饥肠辘辘去流浪，艰难苦困独伶仃。

1948年，淮海战役打响，每天都能听到枪炮声。对我们来说，枪炮不可怕，可怕的是饥饿，饥饿，还是饥饿。连年战争，连年灾荒，到处都是难民。我们村子里的人都逃荒走了，保长姐夫也成了光杆司令，养母带着我和小妹，跟着姐夫姐姐和他们的两个孩子，逃难来到南京一个叫下街的地方，姐夫在一个小土山下用几根竹竿和一些稻草搭起一个窝棚，七口人就住在这个窝棚里，算是暂时有个家了。

姐夫蔡有伦每天外出找一些杂活做，算是能混口饭吃，有时能挣回一些米面，养母带小妹、姐姐带着两个孩子分别去讨饭，没有人问我怎么办，也没有人管我，我只能自己想办法养活自己。

后来，姐夫做杂活时认识一个姓曹的炸油条老板，让我帮着卖油条，就是挎个篮子走街串巷叫卖。每次给我20根油条，卖完再回来取。一个十来岁又脏又臭的叫花子卖油条，谁会买啊！我很卖力地叫卖，可是人们不是躲避就是呵斥，嫌弃写在脸上。我看着篮子里的油条，摸着饥肠辘辘的肚子，想着人们的白眼，一气之下吃光了油条。终于吃饱了肚子，我却犯了大愁：怎么向姐夫交代啊！我再也不敢回那个家了。于是流浪街头，成了彻底的流浪儿。白天要饭，夜宿墙根。

一天，我流浪到一个兵营附近，大门口有士兵站岗，我在附近捡了一些树枝、木棒背到街上去卖，有个卖面条的好心老板，见我可怜，对我说："你捡的这些柴火不够一碗面条，不过我给你一碗面吃吧，吃完了再去捡，回来我还给你面条吃。"我听了很高兴，我终于找到了可以养活自己的营生。可是我又去兵营附近拾柴时，被一个士兵暴打一顿，一边打一边还骂着："小探子，滚，再敢来打断你的腿！"我扔下柴火急忙跑开了，再也不敢拾柴，这个营生的希望也破灭了。

这样饥一顿饱一顿，四处流浪，后来流浪到一个建筑工地，工人们也都是外地逃难来的难民。他们看我可怜，给我一些剩饭吃，有个人（可能是工头）问我："你家在哪里？"

我说："安徽宿县。"

"父母呢？"

"没有。"

他把我上下打量了一下，说："你跟着我在这儿提大泥吧。"

我很高兴，急忙说："管！"

这样，我就留在工地里，跟着师傅提大泥。我才11岁，长期挨饿，瘦弱单薄，提大泥却是个力气活，为了这个落脚的地方，为了能够吃饱饭，我很卖力地干活，虽然每天都很累，但我心里是高兴的。可这样的日子，还是没有持续多久，有一天，师傅突然说："你走吧，人家不让你干了。"我不明白为什么，却不得不含泪离开工地，再次孤苦无依，流浪街头。

不知流浪了多少天，姐夫突然找到了我，他说：“让你卖油条，你跑哪里去了？这么多天也不回家？”

我不知道我到底流浪了多久，也不知道姐夫如何处理那20根油条的问题，可能是姐夫以为我卖油条走失了，也没有骂我打我，直接把我领回那个窝棚家了。

不饮盗泉

漂萍便如水上鸥，再次逃荒到常州。
嗟来之食不愿食，辗转流离难不休。

1949年，安徽宿县还是水灾严重，家里的两亩湖地被淹，无法耕种。6月，养母让我跟随姐姐一家外出逃荒。这一次我们逃荒到江苏常州，住在仲家祠堂。这是一座古建筑家庙，里面住满了逃荒的人。姐夫每天外出，不知道干什么去了，让我陪着姐姐到外面各村庄要饭。

这个地方是丘陵地带，又遇到风调雨顺的好年景，庄稼长势特别好，看来丰收在望。我跟着姐姐四处要饭，可是姐姐总是趁人不注意偷拿人家的东西，地里的南瓜、大豆、芋头，甚至人家晾晒的衣物鞋袜，什么都偷，偷来的东西全让我拿着。我每天跟着她心里都很害怕，提心吊胆。我对姐姐说："咱光要饭，别偷东西啦，我害怕。"姐姐却说："又不让你偷，你怕啥？！"

我不再说话，虽然我没读过书，缺少父母疼爱，大多时候食不果腹，但即便是流浪街头，也从来没有偷过东西。那个时候我根本不知道"道德品质"这样高雅的词汇，只有最朴素的想法，觉得偷偷摸摸是不对的。所以我感到从未有过的害怕，我一个人躺在破庙里挣扎在死亡线上时，也没有这样的心虚害怕。那时正是金秋季节，满地的农作物成熟，姐姐偷得更凶了，我也阻止不了，内心很恐惧。

我对姐夫说："我不跟姐姐要饭了。"

姐夫问我："为啥？"

"姐姐偷人家的东西，我害怕。"

"家里还有两个孩子，不偷吃啥？"

"那你们去偷吧，我不跟你们啦。"

姐夫很生气，他怒喊道："你不跟就滚！"

滚就滚，我很倔强。我已经12岁了，我可以自己找回家。

这天夜里，月光皎洁，住在祠堂里的人都入睡了，我却无论如何也睡不着，想着姐姐的行为，姐夫无情的话语，实在委屈，我得逃走，我决不和他们一起偷盗。于是，我悄悄地爬起来，小心翼翼溜出祠堂，一溜烟往车站跑去。我知道我们住的地方离车站不太远，因为每天都能听到汽笛声。

夜深万籁静，野旷千树低。月光柔和地照耀着我脚下的路，两边是待收割的庄稼，只听得到我的脚步声和心跳声。这样美好的夜晚，躺在野地里看星星会很开心吧？我却没有心情享受这美好，只顾赶路。没有路标，不知道方向，只凭着感觉，我一直向着车站的方向跑。

那时的火车站很简陋，站台也很短，火车尾部都不能到达站台，只能停在野地里的轨道上。我就从尾部爬上一列客车，车尾没有座位，也没有客人，只有几个行李包，大概是行李车厢吧。

过了一会儿，一个年轻人走过来，看见我惊讶地问：“你干什么的？要偷东西吗？快下去！”他大概把我当成偷行李的小偷了。

“大叔，我不偷你们的东西，我要坐火车回家。”我恳求着他。

他看了看我，问道：“你家在哪里？”

“安徽宿县。”

他不再怀疑，而是好心地对我说：“那你往前走，别在这里待着。”

我急忙往前面的车厢走，客车车厢里都是人，我拱到一个座位底下就睡着了。

睡得正香的时候，有人把我从座位底下拉出来，叫醒我说：“快下车，找你家大人去！”

我揉揉眼睛，才发现车上已经没有人了，也不知道到哪里了。

我赶忙下了车，虽然是深夜，车站灯火通明，站台上也还有人走动，我跟着人群出了车站。

到出站口一看，人们都在卖船票，我知道啦，他们是要坐轮渡过江，然后再坐火车，因为我们来的时候就是从这里乘轮渡过来坐火车南下的。那时候长江上没有桥，只能坐船过江。这里就是南京火车站轮渡港。

我没有钱买船票，只能跟着人群往渡轮走。到了检票口，检票员说："小孩儿，你的船票。"

我眨眨眼，装作很急的样子，说："我赶我娘，我娘在前头。"然后钻进人群溜上船。我自以为机灵，其实检票员肯定也知道我一个流浪儿哪有钱买票，不过睁一只眼闭一只眼，放我上船罢了。

到了江北，车站有很多难民在等火车，我跟着人群，等到去宿县的火车，爬上去。就这样回到宿县，又一路乞讨回到养母家。

归故寻家

五岁幼儿离爹娘，像只羔羊乱游荡。
寻觅食物自果腹，生死只有天担当。

一直漂泊流浪，在饥饿、寒冷、疾病的死亡线上挣扎。有人生、无人教，像只无助的羔羊，在乱世间流浪了近十年。

1949年，中华人民共和国成立了。而当时被饥饿折磨的我，对世事变迁懵懂无知，每天只希望能够填饱肚子。

1950年，我13岁，养母家实行土地改革，我们家分得五亩地，只要不闹水灾，温饱应该不是问题了。这年10月，我的同胞哥哥突然来到养母家。养母非常惊讶，不知所措，她一个妇道人家，无法阻止要发生的事情。

哥哥对我说："咱家乡实行土地改革，咱家分了十多亩地，有吃的了，你跟我回家吧。"

5岁被送养，跟着养母一家漂泊8年，我早已经不记得亲生父母的样子了，更不记得家乡还有什么亲人。这些年和养母、小妹相依为命，虽然没有得到多少疼爱，养母毕竟给了我一个家，也算是含辛茹苦把我养大。贫苦人家，多灾多难，能够活下来已是万幸，我怎能丢下养母走人呢？

可是家乡毕竟有给予我生命的亲生父母，那个时代，生存艰难，多少个家庭依靠卖儿卖女获得一线生机，父母把我卖给人家也是无奈之举，是生活所迫，是时代所迫，又怎能怪罪父母？

哥哥的到来让我进退两难，一边是亲人故里，一边是养母之恩，少小的我一时不知如何解决这个难题。

犹豫很久，最后，我对哥哥说："我一直都没有忘记父亲的名字，也牢记着家乡的地址，你先回去吧，告诉父母，等以后有机会我会回去的，请父母放心。"

哥哥走后，养母问我："你哥和你说啥哩？"

我也不避讳，对养母说：“他叫我回家哩。”

养母像是早已料到，她对我说：“你也长大了，你哥这一来，你也知道你的家了。我们这里水灾不断，家里日子也艰难。等过了年，天气暖和了，我们一家三口一起到你老家去，见见你爹娘，等我百年后，随你自己的意愿，不想留在这里就回你老家吧！”

说起来，养母算是通情达理的。可是后来的事情却并未像养母希望的那样，养母还是太实在了，或者说太傻了。

养母以为我的父母亲会念在她对我的养育之情，会让我看看父母再跟她回去，为她养老送终。我以为回到父母身边能得到父母的弥补，得到他们的疼爱。我们都错了，我和养母都错了！

其实，哥哥的真实意图不过是略尽人事，迫于村人的舆论和自家良心的压力，到我养母家去找我回来，走个过场。至于我回不回来，是无关紧要的。这是我后来才明白的。但是哥哥的来访彻底打乱了我们一家三口的生活。

1951年，养母带着我和小妹历时20多天，跋涉几百里地，终于回到我阔别近10年的故乡，见到了我的父母亲人。养母带着美好的愿望到我家来，可是事情的发展她却无法掌控。

我一到家，亲戚邻居都劝我，让我和养母断绝关系，不要再和她回去了。我少不更事，只有听他们摆布。已经出嫁的同父异母姐姐把我带到她家住下，不让我和养母见面。养母在人生地不熟的地方根本找不到我。我不知道养母是带着怎样的心情离开了我家，那一定是伤心欲绝、痛悔把我送上门来！

从此后，我再也没有见到过养母和小妹。对于养母，我是深深愧疚的。我的父母竟全然不念及在我们全家困顿饥饿、走投无路之时，是养父母的两袋粮食救了命，全然不顾这近10年养母对我的养育之恩，全然不顾养母送我上门的诚心诚意！

我很后悔，后悔回到这个家。10年的隔离，这个家已经没有我的位置；10年的隔离，已经没有了亲情。我以为回到这个家，父母会好好疼爱我，给我温暖，补偿10年的送养，满足我对父母亲情的渴望。然而，父母的漠不关心和兄弟姐妹的冷漠，使我距他们越来越远，以至于这一生我对他们都没有亲情，因为我感受不到他们对我一丝丝的温暖。

兄弟姐妹的冷漠还可以理解，可是自己的亲生父母也一样冷漠。他们的想法可能是：既然已经卖给别人，就像母鸡丢窝一样，小鸡自己去觅食吧，你还回来做什么？可是，是你们把我留下来的，我才13岁，我能怎么办啊！难道还要跑到外面去流浪？这些年我已经流落在外太久，太渴望有一个安定温暖的家。现在总算回到父母身边，即使再委屈，也只能忍受，无论如何，这里也是我的家啊！

回到家的生活没有我想象那么温暖，我却不得不接受现实。每天还是和在养母家一样割草拾柴，喂养家里的牲畜。

上学识字

老师徐英发，起名有文化。
读书学道理，不做睁眼瞎。

土地改革后，村民有了土地，解决了温饱，再也不用乞讨，都安居乐业了。村里办起了学校，穷人的孩子也有了受教育的机会。

我们家祖祖辈辈都是农民，没有文化，父母自然也不懂文化的好处。尤其对我这个对他们无所谓的孩子，能帮家里干活就行，更不给我读书的机会。

村里的孩子都去上学了，唯独我在地里干活，每当看到学生们上学、放学嘻嘻闹闹的，我都非常羡慕。于是我大着胆子请求父亲让我上学。父亲却说："上学有啥用，干好你的活就行了。"

可是我知道，哥哥因为是长子，小时候还上了几年私塾呢。我一再央求父亲，最后，父亲说："你要实在想去上学就去吧，但忙的时候就回来帮着干活，闲时才能去上学。"

我太高兴了，我终于也可以读书了！

1952年，我已经15岁了，别的孩子都是家长带着去学校报名，而我是自己跑到学校报名。

当时是徐英发老师负责，我找到他，对老师说："我来报名上学啦。"

老师看着我，笑着问："你多大了？"

"15岁。"

"叫什么名字？"

"黑。"

老师笑了："你哥叫什么名字？"

"全友。"

"那好，你叫全敬吧！"

我连忙回答："中，中。"

我以前叫张顺齐，回到家一直也没有正式的名字，因为长得黑，小名就叫"黑"。老师给我起了个大名，我高兴地接受了。

因为我年龄大，老师把我安排到二年级下期班学小学第四册，我进班里一看，有比我年龄大的学生，还有已经结婚的女生。真是新社会新气象，这些穷苦百姓的女儿，在旧社会别说上学，连名字都没有，比如我们姓徐的嫁到张家就叫张徐氏，而今她们也翻身得解放，社会和家庭地位都提高了。

读完一学期，因为成绩好，老师直接安排我到四年级上期读第七册。1954年到李寨村读小学五年级。1955年初，读完小学六年级，学生生涯就结束了。

当兵参战

好儿要当兵，好铁要打钉。
当了解放军，人生最光荣。

1954年，全社会开始动员18到22岁的青年参军，当时我积极报名，准备当兵。

1955年初，我还在学校上六年级，国家颁布了第一部《中华人民共和国兵役法》，决定实行义务兵役制。我接到通知，经过体检、政审，被批准入伍，从此我成了人民空军一名士兵。

我随着入伍新兵在鸭绿江大东港镇接受三个月的新兵训练。我这个从小居无定所的流浪儿，对军营的一切都感到新奇。我努力学习，努力适应部队紧张有序的生活。我非常刻苦，也非常自豪。在军训中，我各科成绩优秀，特别是队列训练，我是全连标兵。每逢队列训练，连长都让我做示范，我终于一扫过去十几年经历的种种阴霾，开始面对新的、有意义的生活。

新兵训练结束后，根据表现和特长，被分配到适合的岗位。我被分配到地面对空作战指挥所，做一名对空作战雷达显示标图员。1955年年底，因为热爱本职、吃苦能干、业务熟练、表现突出，我被评为年度业务积极分子。

朝鲜战争停战后，驻留美军依然经常骚扰我领空。1956年，某次空战中，我因为表现出色荣获全军通令嘉奖。

作为一名空军地勤战士，每天紧盯着雷达，描绘飞机飞行图，是没有机会去机场、上战机的，我心里一直向往着在雷达图上看到的战机。一天，一个机场的首长给我们领导打电话，需要一个标图员到机场帮助标绘脱靶飞行训练图。因为我业务熟练、技术精湛，领导就让我去出差，领导嘱咐我说："浪头机场需要一名标图员，你打好背包，准备出发。一会儿有辆吉普车来接你。"我很高兴，终于可以去机场了。

我背着背包兴高采烈地走到吉普车前，司机好像没有看见我一样，一直往远处张望。我问他："你是来接人的吗？"

他把目光收回，看了我一眼，说："是啊，接标图员。"

我说："那咱们走吧。"

司机惊奇地"啊"了一声，"你就是标图员？我以为至少是个连级干部，怎么才是个中士？"

我自豪地说："放心吧，我这个小中士保证圆满完成任务!"

他是机场的专车司机，可能觉得开专车来接一个中士实在是大材小用，或者看我年纪小，怀疑我的业务能力。

他将信将疑地拉着我回到机场，我却暗笑他小看人。

我在机场连续工作两个多月，圆满完成了工作任务。这两个多月，我每天看着战机起飞航行，领略了战机编队的雄伟气势，感受到我空军的发展壮大。

1956年年底到1957年年初，因为业务能力强，我又被派到大连参加海陆空军兵种联合反登陆演习。在演习中，我又一次展现了精湛的标绘技术。那时候，大家常说的一句话就是：我是革命的一块砖，哪里需要哪里搬。我当兵的几年，做到了服从命令听从指挥，哪里需要哪里搬。无论我被派到什么地方，我都老老实实工作、踏踏实实做人、兢兢业业做事。

言论出格

雨淋出头之椽，风吹秀林之木。
疾病从口而入，祸患自口而出。

我当兵后，起初有点后悔，觉得何不在学校好好读书，多学点知识，将来有个好前途，当兵有啥用，几年后回家还不是当我的农民。后来在部队干得不错，受到领导赏识，经常受到表彰，也就渐渐忘记了后悔，加倍努力学习我能够接触到的各种知识。

1957年，整风运动开始，组织上要求大家不拘形式，踊跃提意见，要对党坦诚、老实。我也就毫不保留把当初当兵时的想法写了出来：穿这身军装也没什么好神气的，脱了军装还不是一个贫苦农民，当兵误了我读书学习、误了我的前程。我还表达了对当时农村政策的一些认识。那时候我才20岁，许多想法并不成熟，但这些言论属于认识问题，我被送到社会主义教育学习班，要通过学习改造思想。

后来我突然患了急性肺炎，高烧40度，夜里起来如厕时，昏倒在雪地里，幸亏被卫生员齐明章发现。齐明章是我的同乡、同学，又是同年入伍的战友。他夜里给我送药时发现我不在床上，在雪地里找到我，急忙叫救护车把我送往医院。若不是他发现，后果不堪设想，我总算又逃过一劫。

过了春节，也就是1958年年初，我病愈回到单位。

政治协理员找我谈话，他说："和你一起参加学习班的战士思想问题都解决了，学习班也停了，你住院几个月，思想问题解决了没有？"

我那时年轻，性格冲动暴烈，思想上转不过弯，赌气地对协理员说："我一个小兵，领导想给我什么处分，我接受。你跟领导说吧，我不想在部队干了，我想退伍回家。"

协理员看我这个态度，很生气，他直接说："那你给个退伍理由。"

我脱口而出：“父母年迈，家中无劳力，挣不到工分没有饭吃。”这是真实情况，那时候我父亲已经六十多岁了。

我所在部队是个指挥所，一个所长，下面三个标图班，所长以上归谁领导，我也不知道。协理员是做思想政治工作的，我们所有问题都是通过协理员反映上去，至于反映到哪里，我是不知道的。

几天后，协理员找到我，说：“领导已批准你的请求，你可以退伍了。你对组织还有什么要求，提出来，我们帮你协调解决。”

我倔强地说：“没有什么要求，既然批准，你就给我办手续吧。”

协理员说：“你刚病愈出院，看要不要给你填个病退？”

我说：“你给我填健康吧，填病退，我找工作，找老婆，人家谁要我啊。”

协理员看我一脸倔强，眼看我要回去务农，可能是怜惜我的聪明才智，还是想帮我一把，想了想，又对我说：“奶山军垦农场咱们单位有指标，你要愿意去，我可以给你开个介绍信。”

我固执地说：“我不去，到哪里都是干农业，我还是回老家种地去吧。”

就这样，1958年4月，我结束了军旅生涯，回到贫困的家乡。

怀念养母

养母拉扯近十年，同甘共苦不弃嫌。
收养儿子为送终，到老还是一场空。

每当我想起养母，总是心怀愧疚。虽然在养母身边并没有得到多少母爱，但我像一只小动物一样跟在她身边，在饿死人的年代，她拉扯着我到处逃荒要饭，蚌埠、怀远、蒙城、滁州、南京等许多地方都留下我们母子漂泊乞讨的足迹。跟着养母9年多，她从来也没有抛弃我，同甘苦、共患难，自从1951年她把我送回家乡，我便跟她天各一方，再也没有相见。

1955年，我到部队当兵，每月有6元的津贴费，有生以来第一次有了自己的钱，我分文不舍得花，首先想到的就是养母，我把存下的津贴费都寄给了养母，两次寄了30元，虽然钱少，但是略尽一点人子之孝，稍稍缓解我内心的自责。

养母多次来信，让我退伍后回到她身边，并允诺把小妹许配给我。我退伍了，因为入伍地是老家，所以办理退伍时档案仍回原籍，我也必须随档案回原籍兵役局签到。退伍后，我本打算回家看看父母，再到安徽看望养母。然而家里实在太贫困了，我退伍的160元补助，全部交给父亲，手里就再也没有余钱做路费去看望养母了。当时限制农民乱跑，我想徒步去看养母也不行。几年的部队生活，教会我必须遵守法律法规，所以，回到原籍的我一直没有机会去看望养母。

1963年，农村依旧贫困，但农民人身自由了，经济再困难，我也一定要去看看养母。

可是，到了养母家，已是物是人非。养母已不在人世，小妹孤身一人在家等我几年，杳无音信之下远嫁他乡。养母家邻居嫂子对我说这些的时候，嗔怪我来得太晚，末了还说，听说你妹妹嫁到江苏泗洪县了，你去看看她吧。

我极度自责，可是时事造就，我又奈何！此时我已经结婚，再去看小妹也是徒增烦恼，再说我也没有多余的路费了，终究还是没有去看小妹。

我对养母是心怀愧疚的，想报恩时没有能力，有能力时养母已去，子欲养而亲不在的遗憾，再也无法弥补！

我长跪在养母坟前，诉说我的自责，也诉说我对她老人家的感激。我给她烧了几串金箔，深深地叩了三个头，以表对养母的哀思。

养母在贫困中挣扎忙碌了一生，两任丈夫都先她而去，生养两个儿子，先后夭折，收养我这个养子也没能尽孝送终，孤苦伶仃，最终还是在贫困饥饿中结束了多灾多难的生命……

愿养母在九泉之下没有灾难和痛苦，愿养母安息！

劳而无功

穿上军装是军人，脱去军装是平民。
领导指哪到哪干，跟着指挥讨生活。

1958年4月初，我从部队退伍回到家乡。因为心情不好，我有一段时间不走亲不访友，就在社里（这个时候已经转为高级农业社）踏踏实实参加农业劳动，少言寡语，从不参与社里任何事情，不接近村干部，更不接近乡镇干部。然而不久，却有人造谣说我是从部队开小差偷跑回来的。

本村退伍还乡的一个哥们对我说："听说开封农机厂招收工人，咱俩去试试吧？"

我有点心动，但又担忧："那需要乡社出证明才可以出去，自己随便出去就成盲流了。"

于是，我俩一同到乡社办公室找到社长，说明来意，社长看了我一眼，说："现在还没弄清楚你是怎么回来的，不行！把你的身份弄清楚再说！"态度强硬，不容置疑。

我身正不怕影子斜，加上年轻气盛，随即回击社长："我就算是从部队跑回来的，也是从解放军部队跑回来的。不像有些人当年在国民党还乡团，穿灰狗皮还觉得自己光荣！"

此言一出，揭了社长伤疤，他把我的事添油加醋汇报到乡里。

几天后，乡长来找我，问我："你从哪个部队回来的？办理退伍手续没有？"

我向乡长如实汇报："我的档案已经交到县兵役局，兵役局已经把我编入预备役师。"

说着，拿出退伍证给他看。

乡长看到我的退伍证，态度和蔼地对我说："我给你找个活儿干吧。我想在咱乡推广水稻种植，在你们社组织一批人，你负责领导他们，在有水源的地方找几亩地，试试水稻种植，你看行不行？"

我是个大头兵，领导指哪打哪，乡长让干活，哪有不行之理。很快，在我们社组织了12名青年男女，成立了水稻种植队。我们选好一块靠近水坑的洼地，先弄平整，然后打成稻田畦，育好稻苗。但还没有插秧，乡长又把我派到园艺场去了，我问乡长："那稻田怎么办？"

乡长看我认真的样子，笑着对我说："我跟你们社长说，你别管了，去新的岗位报到吧。"

可惜后来稻田和稻苗再没有人管理，12个人忙活了两个多月，做了一件劳而无功的事。

乡办园艺场，在朱砂村西面先划了40亩地，乡里在各社召集16名青壮劳动力。乡长让我带队去找另外一个李乡长，根据李乡长的安排，我们16个人过起了集体生活：集体住宿、集体吃饭、集体干活。我们算是乡园艺场的第一批工人，也是唯一一批工人。

可是谁也不知道这个园艺场到底要干什么，没有领导、没有技术员，只是让我负责。谁也不知道怎么做园艺，没有目标规划。看着这一块空空的土地，我只能带领大家先种上豆子、谷子、红薯等农作物。几个月过去，农作物都收割了，乡已经变成人民公社，还是不见有人指导我们。我们其实变成了一群被遗忘的“园艺场工人”，无资金来源，无领导过问，慢慢有些人就自动离开了，眼看我这个负责人快成了光杆司令，我找到乡长，问他：“乡长，这园艺场还办不办？人都快走光了。”

乡长这才恍然大悟，一拍脑袋：“把你们这批人给忘了，还有几个人啊？”

“6个。”

“那你们去三所楼吧，公社准备在那里办农场，还有个民兵团在那里训练。你去找老董，他调到那里当支书啦。”

于是，我带着剩下的5个人到三所楼农场去了。乡园艺场无疾而终。

三所楼农场办公室原是三所楼农业社办公的地方，农场是当时为了提高农业产量办的。

公社办这个农场，支书、主任、会计等该配的领导班子都配齐了，可是怎么办还是个未知数。领导商量过后，就把8个小村庄合并成大村庄，腾出来的宅基地变成农业用地，有几千亩之多，这些土地就归农场所有。然后几十个村庄几万人成立一个大集体，合作互助，集体耕作、集体食宿，过着部队一样的生活，叫作大兵团。过去只是社长组织一个到两个村的人力开展生产，大家统一耕作，还不会出大问题。这下整个公社的劳动力几乎全部组织起来，组成大兵团，干起农活来怎么分工、怎么合作全都是摸着石头过河。虽然配备了兵团干部，但是大家对这种新生事物都心里没底。

农场刚成立，就到了抢种小麦的季节。

开始翻地种小麦了，大兵团干活时，成扇面形铺开，一声令下，一起翻地，那劲头像百米赛跑发令枪响起，起跑线上的运动员，争先恐后，直冲终点线。如果谁翻得慢，会被就地批斗，所以干活的时候大家都很卖力气，热火朝天，你追我赶，场面热烈，蔚为壮观。

可惜这种形式毕竟不是农业生产的常态，也不可能种好地，没过多久，大兵团解散了，农场也不了了之。当时兵团配备的干部就地成了三所楼村村干部，我也成了村领导班子的一员。

种植水稻半途而废、园艺场无疾而终、农场又草草收场，回乡后我几乎白忙活了一年多。

其实那个时候，村里社里乡里到后来的农场里公社里的领导，并没有什么建设经验，只是凭着满腔热情摸索，结果反而影响了农业生产。但是，那个时代的人们那股建设的热情是不能抹杀的。

自由恋爱

封建残余难改变，媒婆乱语又胡言。
父母之命必遵照，包办婚姻害青年。

我退伍回乡的时候，正是农村由初级农业社向高级农业社过渡时期，社员口粮不够吃，国家发放购粮证以补贴社员生活。实行土地改革其实已经解决温饱问题，可是由于经验不足，摸索的各种生产模式，并不适合农业生产实际。农民集体干活，出工不出力的现象就出现了。初级社向高级农业社过渡，就是小社并入大社，还没有完成过渡，又开始组织人民公社。应该说公社办农场是可行的，毕竟平原地带，土地面积大，适合机械化耕种。但是因为缺乏相应的人才，终归是半途而废。

我阴差阳错成为三所楼村领导班子成员，并以公社武装干事的身份留在村里当驻队干部。我在三所楼大队（农场变成了大队）分管民兵、治安和仓库粮食保管。

成立人民公社的同时，各村都办起了大食堂，就是一个村子共用一个食堂。我分管五个村子的粮食仓库。其中油坊庄村食堂会计是个小姑娘，是从公社民办中学毕业回乡的学生，刚满16岁。她回到村里的时候，刚好赶上公社组织大兵团集体深翻土地，播种小麦。她被招募其中，昼夜吃住在工地。一个刚毕业的学生从来没有干过这么重的活儿，突然到大兵团参加重体力劳动，一锹锹实诚地深挖深翻，自然要比青壮年劳动力慢得多。按照当时的规定，一旦跟不上大部队的进度，就要挨批斗，不过因为她年纪小，出身好，干活质量高，领导便对她免予批斗。可是，几天大兵团的重体力活干下来，她胳膊腿都累得肿了，领导看她读过书，有文化，就安排她在生产队里当会计。

我管着仓库，她经常找我领取生产队社员的口粮，因为工作来往，我俩熟识了。她年轻漂亮、有文化，在我的追求下，我俩恋爱了。恋爱的时光是我这一生最为幸福美好的时光。

但是，她已在她母亲的包办下早早订了婚。我俩的恋爱引起她母亲的强烈反对，不仅是因为她订婚了，更因为我家实在太穷了。天下父母谁不希望儿女幸福，谁愿意女儿找个穷人家！

后来她母亲闹到大队、公社，我受到公社领导的严厉批评，并且要给我纪律处分。

就当时农村的风俗习惯来说，我俩的恋爱是大逆不道的，我是破坏人家婚姻的罪魁祸首。领导干部也是这样认为的。婚姻要听父母之命、媒妁之言。我俩的恋爱处于她母亲的反对和舆论声讨中。

领导问我："你是要工作还是要老婆？"

我毫不迟疑地回答："要老婆！"

我一赌气丢下工作，回到一贫如洗的家里，等待组织决定。

她母亲并不甘心让她嫁给我，强行带着她去了郑州，找她的未婚夫去了。

一切希望都破灭了！生活困顿、恋爱受挫、失去工作，种种压力之下，我几近精神崩溃。特别是与爱人被迫分离，对于从小缺少爱的我简直是致命打击。绝望中，我只想逃避，走出去，越远越好，远离这个让我伤心的家乡。我决定到外面的世界去闯荡，找到属于我的天地。

1959年深秋，我徒步开封，离开家乡。可是突然天降大雨，我浑身湿透，深秋的风吹过，阵阵寒意袭来，更寒的是我绝望的心。上天啊，是你在挽留我吗？我仰天大喊，回答我的只有更大的雨水、更冷的风。

我漫无目的地走着，任凭雨水彻底浇透我的身心。心里却一遍遍地想：她到郑州是怎样的结果？她会结婚吗？我俩曾经海誓山盟，她应该不会结婚吧？我这样不顾一切走了，如果她回来看不到我，那她该多伤心啊！

冰冷的雨水突然把我浇醒了，我不能这样走了，我要等待她的结果，我要对她负责。于是我又从开封徒步回家，等待最后的“判决”。

10月，她带信给我，说已经和男方解除了婚约，我们可以走到一起了！这里面包括了多少她对爱情的忠贞！怎样和母亲抗争，她从来没说过，但我是知道的。毕竟她的未婚夫在郑州是个工人，条件比我、比我们家都要好得多。放弃富裕的生活跟我在一起，需要多大的勇气！

我们终于冲破枷锁，走到一起了！

简陋婚礼

恋爱甜蜜，挫折痛苦。
结婚幸福，挨饿艰辛。

收获了恋爱的果实，我们将走向婚姻的殿堂。

1959年年末，我们商定一起到民政局办理结婚手续，领取结婚证。可是到了公社，民政助理员却拒绝为我们办理。他说："你是公社派去工作的驻队干部，却违法乱纪，组织对你的问题还没有研究处理，你先等着吧。"

"恋爱自由，婚姻自由，不是新社会提倡的吗？我们两情相悦，正当恋爱，怎么就算是违法乱纪了？她之前的婚约是父母包办，那才是违背婚姻法的。你跟领导说吧，我不干工作了，我回家当社员，我不是干部了，你们能给我什么处分？”我说完就走了，再也没有去公社上班。

1959年腊月，我们办理了结婚手续，初十结婚。为了我们的婚姻，我丢掉了武装干事的工作，妻子丢掉了生产队会计的职务，生产队会计可是那时候人人羡慕的工作。

本来我们都是贫苦农民出身，回来当农民也理所当然，没啥思想负担。年轻气盛，丢掉工作，其实是自毁前程，至今说后悔也早已无济于事，所以我们总是教育孩子们，国家和人民重要、工作重要。

在我失去工作，一无所有的情况下，妻子顶着极大压力，不惜与母亲决裂，跟我结婚成家，用她母亲的话说是“明知是个坑，还要往里跳”。这里，我真诚地感谢妻子一辈子为我的付出。

刚结婚不久，由于在大食堂实在吃不饱，每天在饥饿中挣扎，小时候饥饿的恐惧又时时侵袭着我，加上年轻不懂事，从小缺少正常家庭的温暖，缺少父母的教育，流浪成性，我做了伤害妻子的行为。为了活命，我放弃妻女独自远走他乡觅活路去了。我是应该为我的这个行为向妻子深深谢罪的。

我们结婚，连个像样的婚礼都没有，我俩手拉着手走回家，没有亲朋好友的祝福，也没有父母关爱操办婚礼，仿佛我结婚和父母无关。这也是我对家庭亲情淡漠的最深刻记忆，这种淡漠深深地刺痛我的心，使本来就没有形成家庭观念的我对家庭成员没有很强的责任感，他们淡漠，我也不必负责，这种不负责最后伤害了妻子。我的责任感是在后来和妻子相濡以沫的生活中逐渐形成的，是在孩子们的降临、一声声“父亲”的喊声中加强的。

没有婚车、没有花轿、没有喝彩、没有祝福，甚至日无鸡食之米，夜无鼠耗之粮，我俩忍着饥饿，对着上苍叩拜三次，算是正式拜了天地，也算是我们的结婚仪式。已出嫁的姐姐送来两块红薯，我们饥肠辘辘喝了一碗红薯水，算是喜宴。所有这些在当时的我俩看来都不重要，重要的是我们结婚了，我们终于战胜了旧思想旧观念。我们的心情是喜悦的，尽管现在妻子每每回忆起来，总是心酸不已，但那时候她的内心也是快乐的。

没想到的是，结婚带来的短暂的快乐，很快就被生活的苦难击退得无影无踪。

新的苦难

亲者不相顾，骨肉两分离。
各扫门前雪，哀鸿孤影飞。

婚姻的快乐是短暂的，生活的困顿是每天摆在眼前的。我父母连一间房子都没有给我们，我们借住在邻居家一间破草房里，家徒四壁，一贫如洗。

“大跃进”搞得热火朝天，几百个人共用一个大食堂，大家在大食堂领饭，领一口吃一口，饭是定量供应的，每人领那一碗稀粥根本不能饱腹。

我退伍时带回来的一床棉被、几件旧军衣、皮鞋、军大衣，都给了哥哥，他要去密县炼钢铁，换来的是他的破棉被和破大衣。这件破大衣成为我妻子唯一一件御寒冬衣，可却又被人抢走了。可怜妻子十冬腊月身单衣薄，饥寒交迫中挣扎在婚后第一个寒冬里。

在公社当干部的时候，虽然是小兵，拿钱不多，但无论如何吃饱肚子还是不成问题的，回到生产队，一天的伙食是：早上一个菜团子，中午一碗菜多面少的面条汤，晚上一碗菜水汤。这样的伙食，别说正年轻的我们，就是一个孩子也未必能吃饱，何况还要干重体力活，不吃饱饭，哪来的力气。邻居们都是老住户，夏秋两季多多少少往家里偷藏些粮食。这些粮食都是集体干活时藏在衣服里偷回家的，穷困把人们逼成了小偷。食堂吃不饱，回家偷偷补充一些，勉强度日。我们俩新组建家庭，父母亲一粒米都没给，家里什么都没有，全指望大食堂打的那点饭菜。

当时的劳作方式是：早上起来突击干，中午要大干，下午加油干，晚上加班干。不分昼夜往麦田里送土肥、送冰块，肩挑背扛车拉，高喊口号“想要夺高产，就要拼命干！”但实际上，小麦亩产只有五六十斤。

县志上记载：1958年，小麦亩产26公斤。

我23岁，妻子18岁，现在看还是两个孩子，却不得不苦苦支撑一个家。我的父母不管不问，她的母亲跟她断绝关系，妻子虽然是贫苦出身，却从记事起没有饿过肚子，现在跟着我，整日处于半饥饿状态，但她从来也没有后悔过。感谢妻子的不离不弃！

妻子出生于一个贫农家庭，她父亲以前一直给地主做长工，她1942年出生，她母亲抱着她四处乞讨，才勉强活命。我曾听岳母说："桂兰（妻子幼名）小时候，我整天抱着她要饭，压得胳膊落下了疼痛的毛病。"把孩子养大实在不容易，那个年代，穷苦人更不容易。

中华人民共和国成立后，她家分了土地，算是过上了粗茶淡饭的平安日子。那时，她是父母身边唯一的孩子，父母供她读书上学，上完小学，又去几里外的六营村上中学，住在学校，一周回家一次，带上一周的干粮。周末时，那馍馍肯定又干又硬，可能还坏掉了，别的孩子家庭条件好，带的干粮自然比她的好，她常常十分羡慕。但是为了上学，她都忍受了。在妻子的记忆中，她的父亲十分疼爱她，她15岁那年，父亲积劳成疾去世了。每当回忆起自己的父亲，妻子常常泪流满面。无论如何，妻子年少时有一个温暖的家，而不是如我一样漂泊流浪。

和我结婚后，妻子跟着我陷入苦难的生活中。年少的她违背母命，执意与我结婚，并不知道将面临怎样的人生困窘。然而，后来的事实证明，妻子并不是一时冲动，也不是一时发昏，她跟着我经历了难以用语言形容的苦难熬煎，在我逃避责任的时候，依然坚守在那个一无所有的“家”里，独自一人抚养女儿。感谢妻子，她给了我一个完整的家，让我这个流浪成性的人终于有了家的温暖，有了强烈的责任感！

1960年，大女儿出生了。妻子坐月子，家里依然没有一粒米，只有恳求大食堂给点救济粮。然而，屋漏偏逢连阴雨，祖辈与伙食长家积下的恩怨，这时给我们雪上加霜。

伙食长开始根本不理我们的请求，在我们一遍遍苦苦哀求下，眼看大人孩子将双双饿死，他动了恻隐之心，勉强发给我们十斤坏红薯片和几斤绿豆面。这样的粮食，现在看来难以下咽，却是妻子坐月子仅有的食物。这点粮食，显然是不够的，孩子还没满月，已经吃完了。最后只有到麦田里捡一些被当作肥料的烂白菜叶，回家洗洗煮水充饥。

母亲饿着，孩子当然没有奶水吃，女儿饿得皮包骨头。那些坏红薯片留着给孩子吃。家里没有铁锅，我们结婚时就是大食堂，没有人为我们置买餐具，没钱，也没有地方可以买。坏红薯片放在洗脸盆里煮煮，然后嚼碎喂女儿吃，孩子居然狼吞虎咽吃下去了，刚出生几天的孩子，求生欲望是那样强烈，没有吃过妈妈的一滴奶水，十几斤坏红薯片维持了她生命最初的几十天。

好不容易熬到麦收时节，妻子在地里收割麦子，长期饥饿造成营养不良，加上超强的体力劳动，她终于晕倒在麦田里。好心的邻居将妻子抬到树荫下，灌了几口凉水，好长时间才醒过来。我扶着孱弱的妻子一步一步挪到家里，稍稍休息，第二天还要去收割麦子。

公社组织民工到朱仙镇挖河，队长把我派成河工。没想到上河更苦！早上6点上工到夜间12点收工，全天劳作十几个小时，每人每天一顿饭就是一个红薯片面掺棉籽揉成的窝窝团。饥饿加上劳累，工地上不断有人昏倒。因为吃不饱，大家都不出力，实际上也没有力气，大多时间是扶住铁锨原地站着休息，监工起名“三条腿”，还有人假装到很远的地方去解手，监工叫“出假恭”。

上河期间，我和本村伙伴为了填饱肚子，每天不得不摘树叶，到附近菜园子里偷菜，聊以果腹。挖河结束了，一声解散，五十多里地我们徒步回家。我们走在路上，饿了就吃麦田里的麦苗，没有麦苗，就吃树叶，用两天才走回家，已经是骨瘦如柴、筋疲力尽。

回到家里，女儿嗷嗷待哺，妻子饿得半死！

我们夫妻每天依旧在生产队干活，换取食堂一碗食物维持生命。麦收前，妻子被派到开封拉煤，准备大食堂麦收季节使用。十个男女，拉一辆马车，几千斤煤，长途奔走，路上的干粮就是几个红薯片面加草面做成的团子，草面就是野草晒干打成的面。

一大早出发，徒步赶100里路，天黑才走到开封，路上吃个团子，喝口冷水，次日装好满车煤，一伙人拉车返回。因天气炎热，草面团子变馊变味，成了一团酸臭的散沙，可是又累又饿，填饱肚子才有力气拉车啊。家庭条件好一点的，有钱有粮票可以买点吃的，我家赤贫，妻子身无分文，更别说粮票了，只能吃那酸臭的团子残渣。妻子瘦弱的身躯拉着沉重的煤车，走一段就得到路边人家求口水喝，顺便把衣服打湿降温，坚持着不要晕倒。

生活的艰难还远远没有结束啊！

逃难西北

抛家舍妻子，唯求一生机。
追忆长泪流，闻者亦悲伤。

一定要想办法找个活路，与其一家人都饿死，还不如能逃一个是一个，我只能狠心撇下妻女一个人逃生去了。

丢下妻女，他们能不能活下去，只有听天由命了，这也是我一辈子最为内疚的事，每每想起来，就羞愧难当。相爱的一家人，应当生死与共，可真正面对生命危机时，我却扔下为人夫为人父的责任，实在愧对妻女！

1960年6月，我决定外逃。常言道，穷家富路，可是我哪里有钱！两手空空，徒步到开封，在开封近郊割了一捆青草，背到南关火车站，卖了一元多钱，买了张去郑州的火车票，一下车就被抓了——没有证件。我看到有位穿军装的人，没有佩戴军衔，可能是转业军人。

于是我拿出自己的转业证对他说："我不是盲流，我是来找我舅舅的。"

他看了我一眼，似乎在证实我的身份："你舅舅在哪里？"

"南阳站市筑路工程队。"

也许是相同的身份打动了他，他居然放我走了，并对我说："你快去吧，别在市区逗留。"

真庆幸遇到了好人。

不过，我的确是要找舅舅。我舅舅是参加过抗美援朝的军人，转业后在郑州工作。我一天都没有吃饭，已经饿得走不动路了。但我却不知道舅舅的具体地址，到处打听，得到的回答是"南郊中原窑厂"。我跑了十几里地，舅舅却不在此地。又问人，说在西郊电厂，我已筋疲力尽，却不能慢下脚步，我怕一停下来，就再也走不动了。我提着劲儿往西郊去，又走了几十里路，终于找到了舅舅。

在郑州跑了一整天，天黑了才找到舅舅，舅舅一见到我，双眼止不住落泪：“黑啊，你咋瘦成这个样子！”然后忙从他们食堂里偷拿了四个大馒头（舅舅在工地上做厨师）。我狼吞虎咽吃完了，才说：“舅，在家挨饿的日子没尽头，我要外出逃命。”

舅舅问我：“你准备去哪里啊？”

我也没有目的地，只得对舅舅说：“只管往西北摸，走到哪里算哪里。”

舅舅给了我40元钱，几斤粮票，我当晚就登上了去西宁的火车，直达西宁市。

西宁市地处西北，地偏人少，到处都需要干活的工人，只要肯出力，总能有口饭吃。我寻找了几天，在青海省劳动局建筑工程队找到一份差事：拉砖、拉瓦、拉石头，月薪30元，35斤吃粮标准，前两个月算实习不给工钱。就这样，我总算有个落脚地了。在那里干到年底，活儿很累，但是能吃饱，我已经很满足了！

外出逃生，没有饿死，却差点被撑死。有一次，我们给一个单位送面粉，从市区到多巴，几十公里路程，每人拉着几百斤重的面粉，又累又饿，实在走不动了，大伙儿就停下来休息。不知谁提议：咱拉着这么多面粉，却饿得走不动，不如烙点儿饼子吃吧。真是一呼百应，于是有人借锅，有人捡柴，就在路边开始烙饼子了。我们放开肚子享受饕餮大餐。由于长期饥饿，胃已经萎缩，而面食在胃里会膨胀，这顿暴食，肚子撑得实在难受，比饥饿难受百倍！躺在地上不能动弹，像快死的样子。因为饿得精瘦，路人以为我们快饿死了，指着我们说："看那几个人真傻，拉着面粉饿成这样。"他们怎知道我们是被撑得快要死了！最后，我对大家说："用手抠出来吧，抠出来胃就不难受了。"于是大家都用手伸进喉咙，把吃进去的食物抠吐了出来，总算没有撑死人。

唉，饥饿成了挥之不去的梦魇啊！

还有一次上工的路上，遇到一个死在路边的人，数九寒天，我身上衣服单薄，西宁又极其寒冷，工友们说："老徐，快去把死者的羊皮坎肩脱下来穿上吧。"

我略一迟疑，就有个人快步走到死者身前，扒下坎肩穿在了自己身上。

工友很惋惜地说："晚了吧！"

接下来，农村政策有了很大调整：停止大食堂制，恢复个人家庭炉灶。1961年年初，给农民放假百日，以休整身心，并给农民分配一些自留地，也可以租借地，开荒生产。

得知这个新政策，我急忙给妻子写信，询问家里的情况。离开家已经半年了，不知道妻女是否还在人世。不久妻子回信说，她和女儿都好好地活着。我不能在外停留了，必须赶快回到家里。在西宁有一个同患难的工友、老乡，叫楼玉兰，我们都是孤身在外，生活上相互照应，听说我要回去，她有些恋恋不舍，毕竟同甘共苦几个月，一个女人在外更不容易。我把仅有的一床褥子给了她，对她说："你在这里安心干着吧，条件好转了，找个对象安个家就好了。"

就这样，我辞别工友，急急忙忙往家里赶。

感谢岳母

妻弱女幼无人管，无奈又被扣口粮。

为保生存吃垛草，牢记岳母恩情长。

回到家里，才知道妻女的情况。她娘俩实在太可怜了！因我的逃走，伙食长又一次找到机会报复：他克扣了妻女的口粮。

妻子吃野草、树皮，百般无奈偶尔在地里偷点蔬菜瓜果。有一次，她去试验场（公社办的一个农场）想偷点蔬菜，结果被一个家伙打了一顿。

实在无粮可吃，妻子看到地边堆的一堆秸秆，她每天取一些碎秸秆，在石臼里细细地捣碎，掺点水拌成糊糊，以此充饥。整整一垛原本要沤粪的秸秆，就这样成为妻女的保命食！忍饥挨饿、忍气吞声、忍辱负重，妻子仍然为我抚养女儿，保留着这个家，一心等着我回来！

妻女能在这样极端恶劣的环境中生存下来，要感谢岳母大人。

尽管岳母曾经扬言要和我们断绝关系，但是危难时刻，她挺身而出，拯救了妻子，也拯救了我的家。

听说女儿遭难，岳母变卖了她仅有的被子衣服，用变卖的几元钱做本钱，背着小篮子徒步开封，批发一些针、线、头绳、发卡等小物件，往返乡里走街串巷叫卖，每天赚到几角钱，买一点红薯片面饼干，喂养我的女儿。50岁的岳母在外面买点食物充饥，节省口粮给妻子吃，为了这个家，岳母把户口迁到了我村。

在我逃避责任的时候，岳母不计前嫌，吃苦受累为我挑起了养育妻女的重担，我感激终生。在岳母老年的时候，我们为岳母养老送终，也算是略尽一点孝心。如今，岳母大人早已长眠地下，愿岳母大人不再受苦难，永享安乐！

困难时期

人不逢时灾难重，干旱风沙接踵至。
狂风暴雨袭人间，蹚过黄河又是坑。

1961年，先是干旱，天不降雨，没有灌溉条件；后有风沙，包括路旁、河岸、沟边、坑沿，还有荒地、私人宅院，所有的树木全部被毁坏一空，真是到处光秃秃，千里无一树，只剩下裸露在天地之间的破旧房屋。大风刮来，扬起沙尘，春天的大风甚至把麦苗连根拔起。再后来，又发生严重虫灾。这样恶劣的自然条件，怎么会有好收成啊！小麦停留在亩产几十斤的水平。自留地、租借地和荒地加起来只能勉强维持生活。

1962年，持续干旱和风沙，土地已经完全不能种庄稼了。常言道“人瘦发懒、牛瘦起癣、地瘦起碱”，满地白花花，有些土地甚至能用来熬盐。

1963年，又开始猛降大雨，河堤决口，河水泛滥，一片汪洋。自留地和荒地都被淹了，只有集体生产队那点可怜的收成，然而却不能分到农民手里，因为要喂养牲畜，储备来年的种粮。

万般无奈之下，听说西华县境内有红薯，我们村自发组织了十几人的架子车队，拉着破旧小布瓦，准备去换些红薯。我没有架子车、没有钱，也没有布瓦，可是我也想去弄点红薯救急。

一筹莫展之时，同族徐万来（我叫爷爷的）对我说：“我有辆破架子车，家里有些布瓦，你拉着去换红薯吧，回来畦成红薯苗咱两家用。”

我说：“好，你出东西我出力，咱们互助合作。”

我就加入了架子车队，拉着几百斤布瓦，跑乡村土路，历时两天到西华县逍遥镇换回100多斤红薯，算是解决了夏季粮种问题。

可是一家三口人还要糊口啊！青黄不接，家里已经断粮。国家发放的购粮证要照顾老弱病残，我们年轻人力壮，必须自食其力。我借了邻居一辆架子车，到开封买了几百斤干草，又拉到太康县换回几十斤红萝卜干和一些红薯片，勉强度过饥荒的春天，维持到麦收。

我父亲、小弟弟以及我的养母都是那几年去世的。

救命红薯

家家红薯汤，顿顿红薯馍。
谁家没红薯，没法过生活。

1964年，总算风调雨顺，政府也大抓农业生产。但是当时没有良种、没有化肥、没有水利条件，甚至没有耕牛，全凭人力推拉耕作，加上土地贫瘠，所以亩产量仍旧停留在几十斤的水平。为了解决温饱，就提倡种红薯。

我们生产队缺少红薯苗，队长就派我到几十里外的地方购买，每天给一个整工分。一个整工分等于一个壮劳力早中晚三次出工，年底核算时一个整工分8分钱。我早起动身，摸黑赶回来，一连数日都是如此，任劳任怨，为生产队抢种红薯辛苦奔波，没有属于自己的时间。等生产队的红薯栽种完毕，我才得喘息机会，把自家自留地和荒地平整一下，也种上产量高的红薯苗。

那些年，秋季作物全部种了红薯，社员们的食物也几乎全都是红薯。红薯汤、红薯馍，离了红薯不能活。不过说实话，在土地贫瘠、农作物产量很低的时代，种植红薯的确拯救了不少人。

生产第一

当了村干部，专心搞生产。
乱局终会过，日子见曙光。

当时不少青壮劳动力都外出谋生了，农村只剩下老弱病残和妇女儿童，农业生产无以为继。政府为了加强农业建设，出台了相关政策，精简工厂工人，恢复农业生产，还包括给农民分一些自留地或租借土地等。还规定，集体生产实行半日制，留半日给农民侍弄自留地，以提高农民种地的积极性。这一系列政策的实施，使农民有了盼头，农村也逐渐有了生机。

农村政策变了，我们一家也团聚了，好日子初见曙光。我在农村摸爬滚打这些年，不求升官发财，只求出苦力、管温饱。

这时，我已是两个女儿的父亲，而且已到而立之年，忙忙碌碌这些年，仍然家徒四壁，一贫如洗，连温饱问题都没有彻底解决。我和妻子默默守着本分，经营着这个来之不易的家。

“四清”工作队在干部换届时将我夫妻俩列为新干部对象，让我任生产队长，让妻子任大队妇联主任。我从小东奔西跑，连自己都管理不好，怎么去管理别人？再者，我对农业生产也不是很在行，春播夏种都弄不清楚，怎么带领群众搞农业生产？我不想干。工作队干部说：“我们驻村搞‘四清’，就是要发现和培养基层人才为集体和社员服务，你们夫妻是最好的人选。我们考察过了，你们完全能够胜任。从现在开始，培养你俩入党，为群众当好干部，为党工作，为人民服务，带领群众走集体道路、走社会主义道路。”

驻队干部一套话说下来，竟让我无言以对。我对驻队干部说：“那我就试试吧，上级叫干啥就干啥。”

我当上队长，准备带领全队社员大干，尽快发展农业，为改变全队的贫穷面貌尽自己一切能力。针对土地盐碱化和旱涝不收的天灾，我带着大家深翻土地、打井灌溉，所有工作都亲身参与。妻子有文化，所以在学习毛主席著作高潮中，妻子成为公社、县、地三级积极分子。

然而接着，特殊的十年已经开始了。乱局之中，我只能尽力操心抓好生产，不参加任何争斗。

1968年，生产措施见成效了，我们队小麦亩产达到102斤，比过去翻了一番，棉花亩产皮棉40斤，比去年增产30%，当年获得公社棉花和小麦先进生产奖。我认为吃饱饭是大事，抓生产总没错，生产出粮食才是硬道理。

妻子得病

积劳成重疾，妻子病入院。
幸遇好大夫，转危终为安。

1975年，还是生产队为单位集体生产，靠工分吃饭，每工分8分钱。从1965年到这时一直种植红薯，人们靠红薯维生。这些年妻子养儿育女、操持家务，又常年重体力劳动，严重损害了身体健康，她身体虚弱，面黄肌瘦。

随着儿女陆续降临，本来就一穷二白的家更是入不敷出、捉襟见肘。为了能增加一点收入，在生产队收完红薯，她每天早出晚归到附近各个村庄地里搂红薯，可是已经翻了好几遍的地，哪里还能有剩余的红薯啊，即便有，也是扎深根跑得远的“跑薯”，那得用抓钩一下一下地深搂，往往搂上半天，费尽力气，才能刨出一块小红薯。就这样，一个秋季，妻子拾回家几百斤红薯，却把身体累垮了。拾回来的红薯，我加工成粉条，买了50多元钱。

妻子终于病倒了。一天夜里，肚子疼得死去活来，一夜拉了三次。到乡卫生院，医生说："吗啡都用上了，治不了，你们去县医院吧。"

请了几个邻居帮忙，把妻子抬到县医院，医生检查后，说："去交钱吧。先交300元押金，要动手术。"

300元！那对我们家来说简直是天文数字！我一个工分才8分钱，一年365天，天天不缺工，才能挣29元钱！交不上钱，无奈，只好把妻子抬回家。

可是，我不能看着妻子等死，有一线生路也得去走，我抱着试试看的心理，到乡卫生院找到赵医生。把妻子的病情跟他描述了一下，他说："没事，急性胰腺炎，保守治疗，快把病人抬过来吧。"

真是天无绝人之路，命不该绝，经过乡卫生院赵医生的治疗，妻子病情逐渐好转。

由于手中无钱，更重要的是同病房有个麻疹患儿

（当时条件差，所有病人都住在一起），我们的儿子幼小，需要每天去喂奶，怕给儿子传染麻疹，所以，病情稍微好转，妻子就提前出院了。因为那时没有根治，后来妻子胰腺功能失调，又得了糖尿病，糖尿病也没及时诊治，引发脑梗，到现在，妻子偏瘫，行动不便，勉强能够自理，天天注射胰岛素，需要常年吃中药。

妻子跟着我受苦受累几十年，少吃少穿，进入老年又疾病缠身，我忙忙碌碌几十年，在贫困中挣扎几十年，妻子却对我初心不改。

再说这个赵医生，那可真是个好医生。他本来在县医院工作，后来下放到我们乡卫生院。经他的手挽救了不少病人！后来我儿子得了急性尿道炎，县医院治不了，赵医生已经退休了，我找到他，他开了几样西药，儿子吃完就好了。他医术高明，对病人一视同仁，不势利，不摆架子，人缘极好，只要他坐诊，找他看病的人总是排起长队。

联产承包

土地分到户，农民干劲足。
年年都增产，家家都致富。

1980年，我们村实行土地承包到户，这样，农民的积极性又被调动起来了，小麦的产量逐年上升，从原来的百十斤到几百斤甚至上千斤，粮食棉花连年丰收，不仅解决温饱，已是丰衣足食，生活彻底好转。

生活好了，心情自然也就舒畅。我的儿女们这时候年纪还小，我经常教他们唱一首土地改革时的民谣。

老黄牛，肥又大，土改以后到我家。
哥哥给它割青草，嫂嫂给它拌豆渣，
弟弟给它去饮水，
嗨，我就给它戴上一朵大红花！

我深知牲口对耕地的重要性。生产队分配生产资料的时候，我特意选了一头骡子，虽然借了不少钱，但在以后的生产劳作中，这头骡子勤勤恳恳，拉车、耕地、打场，一直陪伴着我，为我们家生活水平的提高发挥了不可替代的作用。

虽然生产劳动仍然以人力和畜力为主，但是因为包产到户，人人有干劲儿，自然是精耕细作。自己沤的农家肥自然不用说了，一到秋收后，还要到县化肥厂排队购买化肥，挑选种子。这个时候，政府常常对种什么种子提出倡议，开展宣传。但是由于工业力量不足，不容易买到平价化肥。

生产队改成了村民小组，小组长没有人愿意干。因为各家种各家承包的土地，都不愿意操心集体的事儿了。

我这时候正好40多岁的年纪，每天起早贪黑，一年到头也不休息，眼看着生活水平一天天提高，仿佛浑身有使不完的劲儿。

各家各户之间的劳动竞赛也开始了。谁家的麦子先收完，谁家的地先犁完，谁家的庄稼长得好，谁家的粮食收得多，都成了村民之间比较的内容。谁的地种得好，谁又擅长经营，谁家先成了“万元户”，也成为人们茶余饭后、田间地头议论的中心。贫富的观念彻底改变了，过去是谁家穷，穷得有理；现在是谁家富，富得惹人羡慕。

忘我劳动

土地分了十几亩，劳力只有俩半人。
再累也要拼命干，一切为了孩子们。

家里有了土地，温饱问题也得到了解决，但是随之而来的是劳动强度大大增加，因为责任制初期，农业机械化远远没有实现，连牲畜也非常短缺，农活全凭人力，提高产量的背后是巨大的劳动付出。

我们夫妻子女多劳动力少，最多的时候承包16亩地。为了让孩子们有个好前程，不要再走父母的艰辛道路，我们把7个孩子全部送到学校读书，家里的农活再累，也全由我们夫妻二人顶着。那时家里仅有一头骡子、一辆架子车、一个石磙，农业生产的全套活计，耕、种、锄、铲、收、割、装、拉、运、打、晒、藏等全靠我俩的双手，每到夏季抢收抢种的季节，吃睡都在农田里，饿了吃口干馍，渴了喝口凉水，不分昼夜地干活儿。妻子总是累得胳膊肿疼，实在受不了了，就地睡一会儿，醒来接着干。

那时候夏季要收几千斤麦子，秋季收更多的玉米、花生等五谷杂粮。我一家的产量顶困难时期半个生产队的收成，每一粒粮食都是我夫妻双手劳动换来的，试想我俩的劳动强度有多大！远远超出了我们的承受能力！但是为了过上更好的生活，为了孩子们美好的前程，我们咬牙坚持着。

“锄禾日当午，汗滴禾下土。谁知盘中餐，粒粒皆辛苦。”说的是农民锄草之艰辛，可是，农活中最轻松的，恐怕就是锄草了。到了火热的夏季，庄稼长得正好的时候，杂草生得也快，拿上锄头到田间锄上几把，把杂草去除，眼看着庄稼地里清爽干净，长势喜人，哪有什么苦和累呢？但是因为天气热，锄地的时候汗流浃背，也是真的。

最累的农活儿是收麦子。白居易所作《观刈麦》说的是收麦子，头两句是“田家少闲月，五月人倍忙”，我稍改了一下，经常给孩子们讲“农家无闲月，五月人最忙。”俗话说“蚕老一时，麦熟一晌”，一进入农历五月，人马上就紧张起来，先要打场，在地头找一片地方弄平整，夯实压平，所有收割的麦子都要拉到这个场里来摊晒、碾压、脱壳、晾晒。

到了收割的时候，更加紧张，因为怕下雨，要赶着好天气加快收割。那时候孩子们也都放了假，叫麦忙假，全家老少齐上阵，一人把几垄，开展劳动竞赛。实际上，孩子们都娇生惯养，吃不了太多苦，主要的劳动者还是我们夫妻俩。我常常只参加第一天的收割，第二天就开始拉麦、摊场、碾场、扬场，十几亩地的小麦，妻子常常是主要的收割者。那时候大女婿是商品粮户口，在临县的城关镇上班，但也有麦忙假，一到假期，大女婿就主动来家里帮忙收麦，算是帮了我们夫妻的大忙。

秋天要收花生、收玉米、收棉花、收红薯、收豆子，样样不简单，个个都累人。特别是收花生，先要用抓钩剜出来，然后用手扒出来，再摔出来，再摊晒……每年这时候胳膊都要累肿。

还有打药，背着十几公斤的药桶，给十几亩地的庄稼喷洒农药，一不小心还可能药物中毒。

生产力的发展真是令人惊叹,我们夫妻离开农村十几年后再回去，惊奇地发现农村的劳动生活发生了翻天覆地的变化：以前一个月累死累活才能完成的收麦农活儿，现在一台收割机半天就完成了，而且是直接脱壳，直接见到黄澄澄的小麦！以前的老邻居都感叹：一天都麦罢了！锄草基本上退出了农活的行列，使用锄草剂，从根本上就解决了杂草丛生的问题。

盖大瓦房

耕者有其田，居者有其屋。
盖起大瓦房，生活大改善。

除了强体力劳动，一家人的穿衣戴帽，也全凭妻子双手自给自足。地里收获的棉花，经过轧、弹，纺成线，染色，织成布，再手工裁剪做成衣服，全家人穿的都是妻子自造的“家织尼”。冬季农闲时候，就是妻子纺线、织布最忙碌的时候，我负责管理孩子、做家务，妻子穿针引线为全家做衣做鞋，白天做不完，晚上经常点上煤油灯，彻夜忙个不停，煤油灯那点微弱光亮之下，做的又是针线细活，对眼睛的伤害可想而知，只是那时候年轻不觉得。现在妻子视力模糊，患了严重的白内障，一定和那时用眼过度有关。

正如木兰戏文里唱的："白天去种地，夜晚来纺棉，不分昼夜辛勤把活干，全家人才能有吃和穿。你要不相信，可以想想看，做的鞋和袜，还有衣和衫，都在家里放，常年穿不完。"

无论怎样辛苦，总算凭着自己的双手，过上了吃喝不愁的温饱日子。看着孩子们一天天长大，再苦再累也觉得很欣慰。

大女儿、二女儿先后出嫁，很快又有了自己的孩子，因为工作忙，几个外甥女儿（方言，指外孙女）小时候都是在我家度过的。我们夫妻俩虽然孩子多，可仍然喜欢孩子，外甥女儿在我家，我们像带自己的孩子一样，把她们照顾得妥妥当当。

我常开玩笑说："外甥女儿，指一指儿。"这是农村的老话，意思是说外甥（方言，指外孙）、外甥女儿都靠不住，顶多路过姥姥家的时候指上一指。但事实证明，我们的这些外甥、外甥女儿一个比一个孝顺，我们夫妻年老之后，得到了孩子们的精心照顾，每个人上门来都给钱拿东西，跟姥姥姥爷一个比一个亲，这也算是种瓜得瓜、善有善报吧。

通过几年的辛苦劳动，手里有了点节余，我跟妻子琢磨着翻修一下家里的房子。我们住的三间房子，又矮又小，下雨天还有渗漏，几乎已成危房。如果重新盖三间房子，不太困难。但是我们商量之后认为，要盖就要盖上五间，把宅基地的东西方向全部盖满。那时候农村的家庭最看重的就是房子，谁家相亲说媒，最先关注的也是有几间房子，房子是一个家庭财富的象征。我们在农村生活多年，深知房子对家庭的重要性，房子盖好了，将来儿子寻媒也好寻。那时候我们咋会知道，儿子将来那么有出息！那时候是光怕他长大娶不上媳妇。

于是，我们夫妻俩左算右算，省吃俭用，一分钱一分钱地积攒，又借了邻居英法爷一笔钱，终于在1985年翻修了住宅房屋，盖起了五间大瓦房，改善了住房条件。

又过了几年，当时《霍元甲》《陈真》《射雕英雄传》这些电视剧很受欢迎，孩子们为了看这些电视剧，有时候要跑到邻村，因为那时候有电视的人家太少了，谁家有电视都稀罕得不得了。虽然农民都是比较淳朴的，但是孩子们经常跑很远，晚上回来太晚，我们不放心，于是商量之后，在大女儿的帮助下，我家终于在1988年买了一台12英寸的黑白电视机。

迁住县城

农村忙碌数十年，迁居城里住不惯。
闲着无事心不宁，总想找点事业干。

农村仍存在封建残余，认为儿子多了势力大，没有儿子便被人看不起。我女儿多，儿子少且幼小，加上孤门独户，自然是弱势家庭。我夫妻逐渐迈入老年，女儿们相继出嫁，儿子年幼，村里的势利小人就开始欺负我们。忍气吞声的日子自然心情不好，精神不畅，妻子多年来生育儿女，超强劳动，生活艰苦，营养不良，加上受气受辱，结果疾病缠身。

体力透支了十多年，实在干不动了。1994年，我们不得不把大部分土地转让给别人耕种，在家里开了个小卖部，留下一点垦荒地，维持生活。此时，儿子在上大学，小女儿去兰州学习电脑，家里只剩下我夫妻两个。

可是没想到，我夫妻俩想平安度日都不行，总有人来上门寻衅找事，使我们不得安宁。儿女都不在跟前，他们不放心我们俩老人独自在家，怕有闪失。1996年10月，在县城上班的二女儿，让我夫妻搬到县城居住。从此，我们离开了辛苦经营多年的家。

住在县城，给女儿看看孩子管管家，儿女孝顺，吃穿不愁，但我辛勤忙碌了半生，对无所事事的日子不习惯，也不想坐享其成。在农村可以开开荒、种种菜，养鸡养鸭养猪养牛，在城里却是老驴啃土坷垃——干干无味。

女儿给我开了个小面馆，并从尉氏请来了拉面师傅。我和老妻把面馆经营得红红火火。可是妻子身体本就不好，有糖尿病，在面馆忙碌，又得了急性阑尾炎，住进医院，儿女忙于工作，只好我来照顾，面馆不得不停业。

老妻跟着我数十年，在农村少吃少穿，过着饥寒交迫的日子，好不容易解决温饱，已经是百病缠身。

孩子们都有自己的事业，照顾病妻成了我的事业，我再也没有精力干其他事儿了。但我一直闲不住，想弄辆小车跑生意，被孩子们坚决否决了。

1998年，儿子大学毕业。当时，他的同学动员他到大城市发展，可是儿子因为父母年迈，母亲多病，为了尽孝，他还是回到了我们小县城，到县地税局办公室工作。儿媳也来到我们小县城，在县第一高中任教。我们夫妻就跟着儿子住，管理家务、照看孩子。

老妻身体状况越来越差，2000年又得了脑梗，抢救后保住了性命，却半身不遂，我成为老妻专职保姆，更断了我干事业的念想。

刚迁居县城时，住在女儿单位分配的房子里。儿子媳妇参加工作后，买了房子，2004年，又买了块宅基地，建了自己的楼房，三间三层，还有个宽敞的小院，安乐舒适。

2006年，儿子因工作出色被选调开封地税局办公室，并把儿媳、孙女迁到开封，我夫妻暂住在小院里。2012年，儿子在女儿们的帮助下，在开封买了房子。

迁居开封

儿女尽孝心，生活无忧虑。
迁居开封市，那是在梦里。

在我一生中，特别是青年时代，觉得城市是神奇的地方，是令人向往的地方。偶尔进一趟城，觉得城市很漂亮、很美好：宽宽的马路、高高的楼房，车水马龙的闹市……但那时城市对于我是可望而不可即的，想不到进入老年，过上了无忧无虑的城市生活。年轻时做梦也没有想到的事，儿女们都帮我实现了，这都是他们的孝心。

儿子孝顺，那是真的。工作在哪里，就把父母带到哪里。我曾再三跟儿子说："我们老了，还是回老家住吧，太连累你啦。"可是儿子说什么也不让我们回去，儿子说：“不能让你们回家再受别人的气，看别人的白眼。”

上级又要调儿子到郑州工作，那里的空间也更广阔，可是儿子为了我夫妻两个日常有人照顾，还是放弃了更好的发展机会，留在开封基层做工作。

儿子一家居住的是早年建筑的多层无电梯楼房，考虑到我们夫妻年迈，特别是老妻体弱多病、行动不便，儿子多方筹资，在亲戚们的支持下，付了首付，用公积金贷款购买了现在居住的一楼房子，带一个小院子，物业设施齐全、环境优美，布局合理、出行方便。

室内家具设备一应俱全，生活方便。我们夫妻居于此，儿孙们往来不断，送吃送穿，我在小院里养花种菜，老妻在院子里活动活动，日子实在惬意。

儿女还为我们买了四轮电动车，想到哪里就到哪里，带上身份证，免费游遍七朝古都开封城，龙亭、韩园、铁塔、万岁山、开封府、清明上河园……

想我祖祖辈辈穷人之家，过上如此生活，真是幸福。

儿子刚出生时，我说：“好儿不要多，一个顶十个。”现在我的预言应验了，没有好儿女，哪有我们晚年的幸福生活。

到了开封，孩子们给我们找了一位老中医，服用他的药后，妻子的精神状态比从前好了很多。我去年因为心血管疾病，服用老中医的药丸，也大有好转。

感谢党和政府，我们遇上了好时代！感谢上天赐予我们一群孝顺的儿孙！

我的村庄我的家

儿不嫌母丑，狗不嫌家贫。
故乡在心里，眷恋情难移。

关于我的村庄，家族谱里有记载：明朝洪武年间，祖先携带家人从山西洪洞县迁徙此处定居。

我的家在村子南头，村人们都叫“南岗上”。在我5岁以前的记忆里，那是一座土岗子，我家住在土岗子的东边沿儿。远看就是一个比平地高出两米多的陡岗，上面有一片平地，搭有几间草棚子，就是我的家。

不知祖辈在这里繁衍生息了多少代，只知道父母住在这里，我出生在这里，出生后在这个岗子上挨饿受冻5年。这个岗子，这个家，这个我出生的地方，似乎不是一块风水宝地，而是贫穷饥饿的地方，我曾三次逃离这里，最终还是在这里生活了几十年，养育了7个儿女。

第一次是被父母带到外地逃荒，一去近十年还是回来了。

第二次是失恋的时候，想逃离，又不甘心，很快就回来了。

第三次是濒临饿死之时，舍下妻儿逃离这个家，半年后又回来了。

这里是我的家，是祖祖辈辈生活的地方，我不能舍弃，不能逃离，我和妻子在这里苦苦支撑着、奋斗着。

而立之年，邻居们都纷纷找平地搬离陡岗，我没有找到可居住之地，只好仍然在岗上住，尽管上来下去十分不方便。但我们还年轻，我们想通过我们的双手经营这个贫穷饥饿的南岗，难岗。我们决心战南岗，改变南岗。于是开始动手治理，推、挖、平，经过两年多的辛苦，在村人的帮助下，终于把南岗推平了，又在好心邻居的帮助下，盖起了三间低矮的小瓦房。

在低矮的三间瓦房住了十多年，有了儿子之后，我们夫妻更加苦干，一定要给儿子打下一份基业，不能再让儿子走我们的路、过我们的贫穷日子。我夫妻齐心协力，苦干实干拼命干，省吃俭用，终于在1985年，在邻居的帮助下，盖起了五间大瓦房。我们很欣慰，尽管盖房又欠下一笔债，但总算为儿子打下一份家业。日子有盼头了，我们又苦干了几年，还清了所有债务。这个房子是我们用汗水、血水和泪水垒起来的，只想着儿子不像父母一样没有一点家底。

我们一生苦心经营的家，现在在儿女眼里已不值什么，他们有时回去看看，也只是怀念出生之地，并没有多少感情。

但在我们夫妻心目中，这个家却是我们几十年相濡以沫、共同奋斗的成果，是一生的血汗结晶，我们永远不舍这个家。

我曾回去看了我的家，看到我们用血汗经营的家已然破败，不禁潸然泪下。因年久失修，无人居住，院墙已成残垣断壁，门窗破烂不堪，院内杂草丛生。仅有的两颗香椿树苗，我也拔掉扔了。屋内更是空空如也。尽管这样，我还是要告诉儿女，不要拆除，要保留下来，最终我夫妻是要回到这个家的，在这个血泪砌成的家、垒成的房子里睡上一觉。

在我有生之年，每年都想回去看看，看看我的村庄，看看我的家。几年前回去，看看故友，在村里到处走走，村庄已经物是人非了。

见到一位兄弟寒暄之后，他说："转转看看吧，村子的变化可大了。"

一会儿又遇到一位兄弟，住在用塑料布搭起的棚子里，旁边都是碎砖瓦，我问他："你咋住这里啊，不去楼上住？"他说："楼高，爬上不去。"

十多年前，说要把农民集中起来居住，建成城市一样的高楼林立的社区。我们村盖了一个新小区，都是五层的住宅楼，大部分村里人都搬进去了。老村子成了拆迁村，腾出来的老房子拆成瓦砾一片。

我已是老人，总觉得村里房子要有院子，院子里放上犁耧锄耙等农耕用具，还要养鸡鸭猪羊家畜，这样才符合农民的生活生产特性。

孩子们的出生

生不逢时多灾难，母子同闯鬼门关。
人人都想平安来，命运不是天安排。

我夫妻共同生活超过60年了。每个孩子出生的情境和年代都刻在我们的脑海里。那些年生活并不美满，甚至不平安。食不果腹、衣不蔽体、经济窘迫、捉襟见肘，一路走来坎坎坷坷，却一定要死守家园，依靠地里微薄收成艰难度日。

大女儿出生在1960年年初，那是我夫妇最艰难的岁月。当时村里大食堂制，吃粮标准定量，每人每天八两，实际吃到社员嘴里可能半斤不到，只有靠野菜树叶充饥，加上我夫妇双双丢职，日子实在过不下去。女儿出生时，大人都没有饭吃，女儿哪里有奶水喝。大女儿的命是她姥姥拯救的。老岳母东奔西跑，贩卖一点针头线脑，每天赚几角钱，买点红薯面饼干，才算保住了女儿一条小生命。

二女儿出生在1963年，正是困难时期，劳动工分只有几分钱，只能依靠垦荒收成点粮食维持三餐。

那个时代为了解决农民温饱问题，提倡大种红薯，而且只能种红薯。生二女儿时妻子坐月子，别说肉蛋糖，连白面也没有，只有红薯。

三女儿出生在1967年。当时集体生产瘫痪，农活没有人干，生产队几乎没有收成。农民们倒是有时间经营自留地。我在自家的田里种了些谷子，收的小米，成了妻子坐月子的口粮。

四女儿出生在1969年，农业生产仍然处于半瘫痪状态，但地里的农作物种类有所变化，不再是单一的红薯，有了少量小麦、玉米，总算可以吃到一点粮食。

五女儿出生在1971年，农村社会基本稳定了，农村干部也敢于放开胆子抓生产了，开始有了农药、化肥，农业生产有了很大进步，夏秋两季都能有较好的收成，农民也终于摆脱了挨饿的恐惧。

1975年，儿子出生。这时农业生产得到进一步发展，社员生活水平也有明显的提高。家庭养殖业放开并飞速发展。但是缺少正确养殖方法，也没有成规模的养殖条件，家家户户散养的猪羊鸡鸭满街乱跑，到处都是粪便。特别是猪羊，跑到地里啃庄稼，没有庄家幼苗就啃树皮，国家三令五申，要求家畜圈养，但是农村刚刚摆脱贫困，连家庭院墙都没有，哪里有钱弄猪圈，因此树木、庄稼被猪羊破坏得非常厉害，一时无法治理。不过，家畜和家禽遍地乱跑，给妻子创造了一个挣工分的机会。儿子出生后，因无人照看，妻子不得不在家带孩子，我家劳动力本来就少，年终结算总是倒贴现金才能分到口粮。妻子不出工，年终出钱更多。这个时期生产队大量收猪粪做有机肥，妻子就利用孩子睡觉的工夫，在村里拾粪，再交到生产队换取工分，结果，妻子拾粪居然比出工挣的工分还要多！她成了拾粪专业户，一直持续到孩子上学。

小女儿出生在1979年，这个时期土地承包到户，以家庭为生产单位，农民的生产热情空前高涨，付出辛勤的劳动换来高产量，虽然辛苦，却过上了好生活。那时计划生育政策已经实施，小女儿属于超生，我家接受了处罚。

村里人说我家

家出好儿女，传言四处起。
你信你就信，不信也由你。

我家祖祖辈辈住在村南头的南岗上，几十年来，我夫妻经营着南岗上的家，从一间草棚子到五间大瓦房，凝聚了我夫妻一生的心血和汗水，7个儿女都出生在这里，又从这里走出去，走向全国各地各个岗位。

现在孩子们都有自己的事业，军队、政府机关、事业单位，都有他们的身影。还有孩子勇闯商海，也获得很大收获。每个孩子都过着幸福生活，彻底改变了我家一穷二白的面貌，为我夫妻晚年生活创造了好条件，我们跟着儿女尽享天伦之乐。

因此，我家在村里被传得风云四起。几年前，我还在县城居住时，到战友家去玩，战友的女儿是我村的媳妇儿，他听说我是同村的，亲切地说："叔，在家光听公婆说，南头有一家，孩子都是大学生，都很有本事，还说那家是风水宝地，原来说的是你家啊。"我笑着说："那都是瞎传的，哪有什么风水宝地啊。"

有次回家，在村里转转看看。碰到本家一个娃子，他说："叔，你是咱村第一名，无人比得上。儿子是国家干部，女儿是部队干部，三里五村也没人能比得上你。你家是风水宝地。"

一会儿又碰到同龄人，他说："你家房子可别拆，好风水，你的房子是一条龙，不能破了风水。"

把我家传得神乎其神，还有人说，挖掉南岗，挖出了风水挖出了福。当年我夫妇挖平南岗真挖掉"穷根"栽上"福苗"了吗？真有风水吗？非也！那是我夫妻千辛万苦奋斗来的，是我们坚韧不拔苦熬出来的，是孩子们争气努力得来的，真正改变我家命运的是知识。农村的孩子只有一条路，那就是刻苦学习，有知识有文化才有出路。

当年我夫妻再苦再累也不苦孩子，举债度日也要让孩子们上学。本族一位爷爷是退休教师，是我借钱的老主户，只要孩子们上学用钱，就到他手里拿。他说："叫孩子们都好好上学吧，将来有出路，啥时候用钱就来我这里拿，决不耽误孩子们的事。"每年收秋我立即奉还，爷爷帮我那么多年，我一直心存感恩！

孩子们也都看在眼里，疼在心里。二女儿再三说："这学我不上啦，叫弟弟妹妹好好上学，我在家帮爸妈干活。"被我夫妇坚决拒绝了，父母再苦再累也不能耽误孩子的学业，再大的困难有父母顶着，只要孩子们好好学习，就是对父母最好的帮忙。儿子虽小，学校放假时从不和别的孩子跑着玩，而是帮父母干一些力所能及的活。

我夫妻俩忙死忙活，没有任何帮手，更有不怀好意的人看笑话，设障碍，为难我们。这些孩子们都看在眼里，记在心里，也成了他们学习的动力，所以我家才有今天的"好风水"。

勤学、奋斗、坚持，善良、感恩、养德，一定就有"好风水"。

幸福晚年

大难若不死，必定有后福。

不怕年轻苦，就怕老来贫。

生在贫困家庭，是个事实。但俗话说“儿不嫌母丑，狗不嫌家贫”，无论环境条件好坏，出生在哪里，你就得在哪里成长。无论何种环境都要成长，富裕家庭，衣食无忧，成长道路顺利；贫苦家庭缺衣少食，道路坎坷，再艰苦也要奋力前行，只要不气馁，前途总会是好的。

我和妻子都出生在贫苦家庭，但我们都有很强的生命力和永不服输的精神，一直奋斗不停，决不半途而废，直到耄耋之年，仍然有很旺盛的生命力，我们都相信，苦难已经过去，每一天对我们都是明媚的新春季节。

我们住在儿女给我们安排的家里，舒心平安，无忧无虑。儿孙常来看看，一家人欢聚一堂，热闹非常。我们庆幸虽然出生在乱世，长在困难时期，在贫困中挣扎了几十年，但晚年是幸福的、开心的、快乐的。现在的生活和小时候四处流浪，结婚后几近饿死，困难时食不果腹的日子，是天壤之别。

十年河东转河西，别看穷人穿破衣。

回想我的一生，自幼没有受到家庭熏陶，也没有受到良好教育，父母贫穷无知，连抚养能力都没有，更别说让孩子受教育。父母生我，能否活下来，全靠天命；幼小时候，流落他乡，白天乞讨，夜宿街头；成年后，无知识、无文化，不知个人修养是何物，不懂人情世故，不懂社会复杂，任性而为，不珍惜个人前程，似乎一直在一个混沌世界里乱闯乱撞。

青年时代，在部队干得很好，经常受到表彰，结果为了一点自己认为的不公平待遇，不顾领导的一再挽留，任性赌气要求转业回家，失去了在部队继续发展的机会。

退伍时，自己携带档案，那时候祖国大建设，处处缺人才，每个城市都设有转业军人接收站，但我执意要回家乡。

回到乡里，我已经是人民公社武装干事，如果不自动离职，也会有个不算太差的前程。

幼稚不成熟，说话办事不考虑别人的感受，更不考虑后果，常常信口开河，语出伤人，为人处事简单粗暴，性格孤傲，目无领导，自以为是，一意孤行，结果自毁前途，失去很多可以改变命运的机会，只能一辈子出苦力。

这都是过去的事儿了，回忆起来，很后悔，但为时已晚，所以我要让孩子们记取我的教训，教育孩子们一定不要任性行事，要服从领导的安排，以国家的事为重。

唯一不后悔的，也是我可以骄傲的事就是，一生中，无论怎样艰难困苦，我没有做过损人利己的事。

不做亏心事，不占别人便宜，不算计别人，待人以诚、待人以真。老老实实做人、踏踏实实做事。

我人生的信条

饿死不做贼，冤死不乱告。

奋斗在于人，成功在于拼。

不怕年轻苦，就怕老来贫。

大难要不死，往后更努力。

人要有好心，日子终会好。